詩の森文庫

シェイクスピア名詩名句100選
永遠に生きることば

関口 篤 訳編
Sekiguchi Atsushi

P06

思潮社

シェイクスピア名詩名句一〇〇選

目次

『リチャード三世』より 10

この口先だけのご立派な世間、色男で通らぬとなれば
手は一つしかない。あっぱれ悪党になってやる。

幕開き／そばを通れば犬も吠える／悪党宣言／女の呪詛一／女の呪詛二／練達の口説き／それで女はなびく／悪役の醍醐味／栄耀と懊悩／天下一品のお世辞／王妃の悲嘆／約束反古／次の触手／惨殺目録／甘言／口説きの止め／馬をよこせ！　馬を！

『マクベス』より 31

人の一生とは　うつけ者が唱える物語

価値の逆転／人情という甘い乳／私の魔力をあなたの耳へ注ぎこんで／私を女でなくしておくれ／時のこちら側の砂洲と浅瀬／心を駆る拍車がない／あれは貴様の弔いの鐘／梟と蟋蟀／マクベスは眠りを殺した／汚らしい証拠／絵に描いたお化け／波ことごとくがこの手の血で真紅に／命の酒は飲み干され／崩れ落ちよ宇宙の骨組み／悪は悪で仕上げる／マクベスは決して滅びぬ／地獄の鳶／呪いの血痕／消えよ　消えよ　つかの間のともし火！／人の一生とは　うつけ者が唱える物語

シェイクスピア名詩名句一〇〇選

——永遠に生きることば

この口先だけのご立派な世間、色男で通らぬとなれば
手は一つしかない。あっぱれ悪党になってやる。

『リチャード三世』より

Now is the winter of our discontent
Made glorious summer by this son of York;
And all the clouds that lour'd upon our House
In the deep bosom of the ocean buried.

屈辱の長い冬は去り、今われら一族には
輝かしい夏があふれている。ヨーク家にたれこめていた
暗雲も今は海の底深くに追いやられ、

天は晴々と青い。（一幕一場）

幕開き　十五世紀後半の現時点（一四八三年）のイングランドでは、薔薇戦争で赤薔薇ランカスター家を制した白薔薇ヨーク家の嫡子エドワード四世が王位にあり、次弟クラレンス公ジョージ、三弟グロスター公リチャードとともに世に君臨している。四大悲劇に並び古来人気の高いシェイクスピア劇『リチャード三世』は、グロスター公のこの長い独白で幕が開く。まさに意気揚々。ハムレットやアントニーの有名な長科白とともに、役者の演技力が問われる場面でもある。

And that so lamely and unfashionable
That dogs bark at me, as I halt by them.

不様な歩きよう。
そばを通れば犬も吠える（同）

そばを通れば犬も吠える　しかし、グロスター公は今でいう身体障害者。月足らずで産み落とされ、「五体の均整などあったものでない」。「犬も吠える」はいかにも感覚的でショッキング。名優の演技にロンドンの観客は怖気をふるうに相違ない。

And therefore, since I cannot prove a lover
To entertain these fair well-spoken days,
I am determined to prove a villain,
And hate the idle pleasures of these days.

とすれば　心は決まった。
この口先だけのご立派な世間、色男で通らぬとなれば
手は一つしかない。あっぱれ悪党になってやる。
世間のふぬけた楽しみごとに痛い棒をくれてやる。(同)

悪党宣言　権謀術数、目的のためには手段を選ばぬ「マキャベリ的人格」の不気味な自己主張

に観客はまず息をのむ。目的とは支配者としてイングランドに君臨すること。じゃまする人間はすべて抹殺する。

If ever he have child, abortive be it:
Prodigious, and untimely brought to light,
Whose ugly and unnatural aspect
May fright the hopeful mother at the view,
And that be heir to his unhappiness

もしもあの男に子供ができたなら、
化け物で出てこい！　醜い異形の姿
月足らずでこの世に出てこい。
楽しみにしていた母親は　一目見て震えあがるがいい
父親の醜悪なご面相をそのまま引き継いで出てこい！（一幕二場）

女の呪詛一　故ヘンリー六世（ロンドン塔でグロスターに刺殺される）の皇太子エドワード（グロスターらヨーク三兄弟に戦場で惨殺される）の妃アンが甘言をもって言い寄るグロスターに投げつける痛罵。

If ever he have wife, let her be made
More miserable by the death of him
Than I am made by my young lord, and thee.

もしもあの男が妻を娶るなら、その女はあいつと
連れ添うことで生涯苦しむがいい。私が夫とお父様の
死で惨めな思いに沈んでいるように　いいえ
それよりもっと惨めな目に会うがいい。(同、続き)

女の呪詛二　前段の続き。権力の奪取を狙うグロスター公にとって、前皇太子妃のアンは現段階ではもっとも望ましい后候補である。このすさまじい呪詛にもかかわらず、アンは次第にほだ

され、後にリチャード三世妃になるが、この科白はその皮肉な伏線。

Teach not thy lip such scorn; for it was made
For kissing, lady, not for such contempt.

その唇に　そんな蔑みをお教えくださいますな。
あなたの唇は口づけのために造られたもの。けっして
そのような侮蔑のためではありますまい。（一幕二場）

練達の口説き　グロスターのマキャベリ的側面は、女性への練達な求愛者としても生き生きと躍動する。罵るアンの言葉尻をとらえ、次第に自分のペースに引きずり込む絶妙の話術が展開される。最後にアンはこう述べる。「はい、心から喜んで。お話、嬉しくうかがいました」。女の業に観客（読者）は溜め息をつくほかない。

Was ever woman in this humour woo'd?

Was ever woman in this humour won?
I'll have her, but I will not keep her long.

こんなふうに言い寄られた女がいるだろうか？
こんなふうに口説き落とされた女がいるだろうか？
あの女　必ずものにしてみせる。長く大事にする気はないが。（一幕二場）

それで女はなびく　一、二行のWのアリタレーション（頭韻）が効果的。ただし、この程度の技はこの作者にとっては朝飯前。観客へのいつもの手軽なリップサービスである。しかし、続く科白で観客はふたたび衝撃を受ける。

But then I sigh, and, with a piece of Scripture,
Tell them that God bids us do good for evil:
And thus I clothe my naked villainy
With odd old ends stol'n forth of Holy Writ,

And seem a saint, when most I play the devil.

ところで、ここが肝腎。俺は溜め息などをもらし、聖書からあれこれ借用におよび、こうたしなめる。神は悪に報いるに善をもってせよと教え給う、とかなんとか。むきだしの悪に衣を着せる、聖書の昔ながらのありがたいお経のつぎはぎでな。それで俺は聖者になりすます。これぞまさに悪役の醍醐味。（一幕三場）

悪役の醍醐味　邪魔者の早急の排除成敗を主張する腹心グループが退場し一人になると、主役グロスターはふたたびドラマの以後の筋書きを暗示する独白を観客に洩らす。「聖書の昔ながらの云々」は善に対する戦慄の挑戦。

Princes have but their titles for their glories,

An outward honour for an inward toil;
And for unfelt imaginations
They often feel a world of restless cares:

王侯貴族は　肩書きを背に栄耀栄華をきわめるが
その外面の栄誉は　心の懊悩で購わねばならぬ。
世の人の想像もおよばぬ快楽を求め、しかも
それを得られぬまま　果てのない不安に苛まれる。（一幕四場）

栄耀と懊悩　ロンドン塔の牢番の科白。グロスターの実兄で幽閉中のクラレンス公は「いやな夢が続く」と牢番に訴える。薔薇戦争の過程でこの王弟は寝返りを繰り返している。その所業が悪夢として蘇る。牢番はこれを憐れむ。実はグロスターが放った刺客がもうそこまで迫っている。

My other self, my counsel's consistory,

My oracle, my prophet, my dear cousin:
I, as a child, will go by thy direction.
Toward Ludlow then, for we'll not stay behind.

よくぞ申した。それでこそわが片腕、
わが腹心の参謀閣下、わが神託、わが予言。
分かりもうした、この身は幼子同然、いとこ殿のお指図に
従うといたしましょう。では直ぐにもラドローへ、
遅れをとってなるものか。（二幕二場）

天下一品のお世辞　エドワード王逝去（このドラマの主要人物ではほとんど唯一の自然死）の報で宮廷諸勢力は騒然となる。参謀閣下とはバッキンガム公。あの腹黒いグロスターにしてこの歯の浮くようなお世辞。巧言令色の見本というべきか。

Ay me! I see the ruin of my House;

The tiger now hath seiz'd the gentle hind;
Insulting tyranny begins to jut
Upon the innocent and aweless throne.
Welcome destruction, blood, and massacre;
I see, as in a map, the end of all.

ああ　私には見える、わが家が崩れてゆくのが。
虎がおとなしい牝鹿を爪にかけたのだ
暴虐が　無邪気な威のない王座へ
その身を乗り出したのだ。破滅よ、流血よ、殺戮よ、
なんでも来るがいい！　私には見える、
絵図面のように、すべてが終わりになるのが。（二幕四場）

王妃の悲嘆　エドワード王妃のエリザベスに凶報が届く。グロスターとバッキンガム公の命令で妃の側の有力者が一網打尽に投獄されたと。身内一族総くずれの予感、これを悲嘆する王妃エ

リザベスの有名な科白。

Buck. My lord —
K.Rich. Ay — what's o'clock?
Buck. I am thus bold to put your Grace in mind
Of what you promis'd me.
K.Rich. Well, but what's o'clock?
Buck. Upon the stroke of ten.
K.Rich. Well, let it strike.
Buck. Why let it strike?
K.Rich. Because that like a jack thou keep'st the stroke
Betwixt thy begging and my meditation.
I am not in the giving vein today.
Buck. May it please you to resolve me in my suit?
K.Rich. Thou troublest me: I am not in the vein.

バッキンガム　陛下、どうかお耳を――
リチャード王　えっ、いま何時だ？
バッキンガム　ぶしつけながら、かねてお約束のもの、
　ぜひ思い起こしていただきたく。
リチャード王　はて、何時かな？
バッキンガム　十時を打ちましてございます。
リチャード王　そうか、打たせておけ。
バッキンガム　はて、打たせておけとは？
リチャード王　自分の願いごとと俺の考えごとの間で
　おまえは米つきばったのように
　合点のこっくりばかりを打っておる。
　今日は俺は物をくれてやる気分でないのだ。
バッキンガム　では、諾否のお言葉だけでも？
リチャード王　不愉快だ、そんな気分でないと言っておる。（四幕二場）

約束反古　グロスターは首尾よくリチャード三世として王座をわがものにすると、バッキンガム公に謎をかけ、実兄エドワード前王の王子二人の殺害をほのめかす。バッキンガムは一瞬躊躇の色を見せる。グロスターはかねてからバッキンガムに恩賞として領地と財産を約束していたが、このチャンスをとらえ、これを反古にする。「お約束のもの」とはその恩賞のこと。バッキンガムともども観客もリチャード王のこの仕打ちに打ちのめされる。シェイクスピアの劇作家としての天稟はこの短いやり取りにも遺憾なく発揮される。バッキンガムは後に領地ウェールズで反乱の旗をあげ、リチャード王に処刑される。

The son of Clarence have I pent up close;
His daughter meanly have I match'd in marriage;
The sons of Edward sleep in Abraham's bosom,
And Anne my wife hath bid this world good night.
Now, for I know the Breton Richmond aims
At young Elizabeth, My brother's daughter,

And by that knot looks proudly on the crown —
To her go I, a jolly thriving wooer.

クラレンスの倅のほうは獄に押し込めてあると、
娘のほうは嫁として安直に売り飛ばしたと、
エドワードの息子どもは　今頃アブラハムの胸に抱かれ
永久に憩っている。妃のアンには　この世に
さよならを言ってもらったと、あとは王女エリザベス。
ブリタニーのリッチモンドの奴が狙っているという噂。
さもあろう、その結縁でずうずうしくも王冠に
手をのばす魂胆。それなら　こちらも手を打つとするか。
陽気な色男、ちょっくら口説きに出かけるか。（四幕三場）

次の触手　兄エドワード王の二王子殺害の報を受けたリチャード王の上機嫌の独白。妻のアン王妃については、以前に重病の噂を流しているが、この時点ではすでに「始末をつけている」

らしい。リッチモンドとは紅薔薇ランカスター家の別系統の嫡子で、現在はブリタニーに逃れて王位を狙っている若者。王女エリザベスとは兄エドワード王とエリザベス妃の間の王女。いまやこの王女を妃に娶ることが王位を安泰にする決め手となっている。それにしても最終行は天晴れな浮かれぶりと言わねばなるまい。

From forth the kennel of thy womb hath crept
A hell-hound that doth hunt us all to death:
That dog, that had his teeth before his eyes,
To worry lambs, and lap their gentle blood:

あんたの子宮の畜生小屋から地獄の犬が這い出した。
そいつがわれらすべてを死に追いこんだのだ。
目よりも先に歯が生え、子羊どもを噛みちらし、
その生温かい血をすする山犬だ。（四幕四場）

惨殺目録　ロンドンの王城の前に三人の女が登場する。出身地フランス行きを決意している故ヘンリー六世王の妃マーガレット、王子二人の命を絶たれた故エドワード四世王の妃エリザベス、エドワード王三兄弟の母親で、白薔薇のかつての総帥故ヨーク公の未亡人である。三人はそれぞれ非業の死者たちの名を数え、悲嘆を新たにする。「あんたの子宮の畜生小屋から地獄の犬が這い出した」は、女が別の女に投げつける極めつけの呪いの言葉。観客が背筋に氷を感ずる名場面。

If I did take the kingdom from your sons,
To make amends I'll give it to your daughter;
If I have kill'd the issue of your womb,
To quicken your increase, I will beget
Mine issue of your blood upon your daughter.
A grandma's name is light less in love
Than is the doting title of a mother;
They are as children but one step below;

Even of your metal, of your very blood;
Of all one pain, save for a night of groans
Endur'd of her, for whom you bid like sorrow.

私があなたのお子たちから王国を取り上げたと
言われるのなら、その償いにそれをあなたの娘御に
お返ししよう。その腹を痛めたお子たちを
この私が殺したと言い張られるのなら、それを
甦らせるため、娘御に私の子を生んでいただき、
あなたの血筋を継ぐこともできる。お祖母さまと
呼ばれるのなら、お母さまと可愛く呼ばれるのと
情において変わりはありますまい。同じお子だ、
ただ、親の代が一つとぶだけのこと。同じあなたの体、
同じあなたの血筋だ。耐えねばならぬ苦しみも同じ。
ただ、あなたが娘御を生んだ時の一夜の苦しみを、

今度は娘御にしのんでいただくだけのこと。（四幕四場）

甘言　エリザベス前王妃も「まだ言い足りない」と呪いの言葉を吐きかけるが、リチャード王はこれをさえぎり、彼女の娘で同名のエリザベス王女を「妃に」と切り出す。一見理路整然としているが、女性の親子の情に的を絞った実に押し付けがましいこのロジック。最初はにべもなく切り返していた前王妃も、次第にこれに引きずり込まれる。以下、甘言は次の段に続く。

Your children were vexation to your youth,
But mine shall be a comfort to your age;
The loss you have is but a son being King;
And by that loss your daughter is made Queen.
I cannot make you what amends I would:
Therefore accept such kindness as I can.

これまであなたはお子たちのことで悩まれた。

しかし、このリチャードの子はきっとあなたの老後の慰めとなりましょう。あなたが失ったのはただご子息の王位だけ。その代わりに娘御が王妃の位につく。あなたに償いをしたいのはやまやまだが、すんだことはどうにもならぬ。今はこの気持ちだけでも、どうかお納め願いたい。（同、続き）

口説きの止め　こうして前王妃、すなわち兄嫁も最後には説き伏せられ、「あの子の気持ちはいずれ私から」と口にする。前のアンに対する口説きとともに、このドラマの数多い見せ場の一つである。前王妃に接吻までした狡猾な求愛者は、彼女の後ろ姿に「他愛のない愚か者め」と侮蔑の言葉まで投げつける。

A horse! A horse! My kingdom for a horse!

馬をよこせ！　馬を！　馬をよこしたらこの王国をくれてやるぞ！（五幕五場）

馬をよこせ！　馬を！　しかし、イングランドの内外でリチャード王の悪逆非道を指弾する声が高まり、ついにこの諸勢力との間で戦闘状態となる。戦場でのリチャード三世軍はいっこうに気勢があがらない。ブリタニーのリッチモンド伯を総帥とする大軍が戦闘に加わると味方からも寝返りが相次ぐ。戦場のリチャードの天幕にはヘンリー六世王、実兄クラレンス公、アン王妃、バッキンガム公など彼の手で斃されたさまざまな亡霊が現われ、リチャードを呪う。同じ亡霊はすべてリッチモンドをはげます。だが、リチャードは阿修羅のごとく奮戦する。馬を乗りつぶしながら、リッチモンドの影武者を五人まで討ち取るが、ついに力尽きる。彼の憤死直前のこの科白はつとに有名。血にまみれた代価で手に入れた王国が馬一頭に置き換わっている。この直後、リチャードはリッチモンドの剣に突き伏せられ落命する。やがてリッチモンド伯はエリザベス王女を娶り、ヘンリー七世として即位し、ここにチューダー王朝が始まる。この王朝は知名度の高いヘンリー八世、女帝エリザベス一世へと引き継がれ、シェイクスピアが在世した十六世紀後半から十七世紀初頭にかけて最盛期を迎える。

人の一生とは　うつけ者が唱える物語

『マクベス』より

Fair is foul, and foul is fair.

きれいは汚い、汚いはきれい。（一幕一場）

価値の逆転　中世スコットランドの荒野。勝ち戦から凱旋するマクベス、バンクォーの両将軍に待ち構えていた魔女三人がこう声をかける。これについては諸説紛々。魔女が生息する異界では価値は逆転するという謎々か。この魔女たちの教唆でやがてマクベスはその異界へ誘いこまれる。

Glamis thou art, and Cawdor; and shalt be
What thou art promis'd. — Yet do I fear thy nature:
It is too full o'th'milk of human kindness,
To catch the nearest way.

あなたはグラミスの殿、そして今コーダーの領主も、
だから約束された地位もきっと——。だけど私は心配、
あなたのお人柄が。人情という甘い乳がありあまって
手っ取り早い道をお取りになれない。（一幕五場）

人情という甘い乳　魔女たちは将軍マクベスにこう祝詞をあびせる。「マクベス、おめでとう、グラミスの領主。コーダーの領主。今に王になられるぞ」。マクベスは父からすでにグラミスの領主をひき継いでいる。だから第一の予言には驚かない。一方、コーダー領は反乱軍の首魁の領地。第三の予言にいたっては「滅相もない」話。これに対し魔女たちの将軍バンクォーへの

予言はこうだ。「マクベスに劣るが優る。王にはなれんが、王たちをお生みなさる」。『悲劇マクベス』はこの異界の奇怪な声を軸に、以後、血みどろの惨劇をくりひろげる。そこへダンカン王の先触れの使者が到着し「以後、コーダーの領主を称すべし」との論功行賞を伝える。第二の予言も当ったことになる。マクベスは一人つぶやく。「始めの二つはまさに当った」。誘惑の最初の兆しである。論功行賞と魔女の予言をマクベスは早馬で居城の夫人に伝える。このくだりはこれに目を通した夫人の独白。「約束された地位」とはむろんスコットランド王。

Hie thee hither,
That I may pour my spirits in thine ear,
And chastise with the valour of my tongue
All that impedes thee from the golden round,
Which fate and metaphysical aid doth seem
To have thee crown'd withal.

さあ、早くここへ帰っていらっしゃい、

私の魔力をあなたの耳へ注ぎこんであげる。
運命も天地の魔も、あなたに王冠をささげたがっている。
その邪魔をするものがあれば、私が
この舌の鞭でたたき出してあげる。（一幕五場）

私の魔力をあなたの耳へ注ぎこんで　夫人の独白の続き。前段とこの段で、この時点でのマクベス夫人の意志と、そのマクベス観が端的に知らされる。絶対権力を眼前にしてめらめらと燃え上がる女。一方、その女の目には実行力の点でやや不安を残すと映る夫。妻が先導して目的へ突進する構図が早くも暗示される。しかし、以後マクベスは多少の逡巡は見せるものの、「人情という甘い乳」をさらけ出す機会はついにない。

The raven himself is hoarse,
That croaks the fatal entrance of Duncan
Under my battlements. Come, you Spirits
That tend on mortal thoughts, unsex me here,

And fill me, from the crown to the toe, top-full
Of direst cruelty!

大鴉が声をしゃがらせて告げている、
ダンカン王が運命に魅入られ
やがてこの私の城門をくぐると。やってこい、
血みどろの謀議に手を貸す悪霊たちよ、私を女でなくしておくれ！
この頭のてっぺんから爪先まで、
恐ろしい残忍な思いで満たしておくれ！　（一幕五場）

私を女でなくしておくれ　マクベスが送った先触れの使者が城に駆けこみ、マクベスの帰還とそれに続くダンカン王の行幸をマクベス夫人に知らせる。自らを叱咤する四行目は強烈。

If it were done, when 'tis done, then 'twere well
It were done quickly: if th'assassination

Could trammel up the consequence, and catch
With his surcease success; that but this blow
Might be the be-all and the end-all — here,
But here, upon this bank and shoal of time,
We'd jump the life to come.

やってそれで事が済むなら、早くやったほうがいい。
暗殺の一網が万事をからめとり、うまく片付くなら、
この一撃がすべてで、一切が解決されるなら——、
この世だけの、そうだ、
時のこちら側の砂洲と浅瀬だけのことなら、
それでいい、来世のことまではたのむまい。（一幕七場）

時のこちら側の砂洲と浅瀬　上機嫌で到着した温和な老王を迎え、勝利の賑やかな晩餐が始まる。しかし、心に鬱屈があるマクベスはその場をはずし一人呟く。最後の晩餐におけるイエスと裏

切り者ユダのケースと同じ状況設定だが、王は裏切りをつゆ疑っていない。「時のこちら側の砂洲と浅瀬」、作者一流の秀逸な比喩。舞台の初めから終わりまで作者は感覚的な美しい詩をもっぱらマクベスの唇に集中する。

I have no spur
To prick the sides of my intent, but only
Vaulting ambition, which o'erleaps itself
And falls on th'other —

ああ、おれには心を駆り立てるかんじんの拍車がない。
ただ野心が跳びはねる。跳びのったはよいが、
勢いあまって鞍の向こう側にもんどりうたぬとも
かぎらんぞ——。（一幕七場）

心を駆る拍車がない　打ち解けた穏やかな老王の様子にマクベスの心は萎える。はやって鞍の向

こう側に転げ落ちてはたまらない。夫人に「あれはやめにしよう」と持ちかける。夫人はこれを断固しりぞける。「しくじったら？ 勇気の弦をねじ穴にしっかり留めるのです。しくじるものですか」。これは生易しい助言ではない。言葉による鞭打ちに近い。

I go, and it is done: the bell invites me.
Hear it not, Duncan; for it is a knell
That summons thee to Heaven, or to Hell.

さあ、行くぞ、それで事は終わりだ。鐘が呼んでいる。
聞くでないぞ、ダンカン。あれは貴様の弔いの鐘
お前を迎えようと鳴っている。
天国へか、それとも地獄へか。（二幕一場）

あれは貴様の弔いの鐘　こうしてマクベスは王が眠る寝所への階段を一歩一歩のぼる。

Macb. I have done the deed. — Didst thou not hear a noise?
Lady M. I heard the owl scream, and the crickets cry.
　Did not you speak?
Macb. When?
Lady M. Now.
Macb. As I descended?
Lady M. Ay.

マクベス　やったぞ。――なにか音がしなかったか？
夫人　ふくろうとこおろぎの鳴く音しか。
　なにかおっしゃいました？
マクベス　いつ？
夫人　たった今。
マクベス　降りてきた時か？
夫人　ええ。（二幕二場）

梟と蟋蟀　マクベスは就寝中の老王ダンカンを一人で刺殺し戻ってくる。その直後の夫婦間の短い戦慄のやりとり。西欧ではこおろぎは死を前触れするとの言い伝えがある。ふくろうも不気味。小動物の陰にこもった声に静寂はいっそう深まる。

Methought, I heard a voice cry, 'Sleep no more!
Macbeth does murder Sleep,' — the innocent Sleep;
Sleep, that knits up the ravell'd sleave of care
The death of each day's life, sore labour's bath,
Balm of hurt minds, great Nature's second course,
Chief nourisher in life's feast; —

どこかで声がしたようだった。「もう眠りはないぞ！
マクベスは眠りを殺したぞ」と。あの無垢の眠り、
災いのもつれた糸をほどいてくれるあの眠り、

その日その日の生命の結び、つらい仕事の後の湯浴み、
傷ついた魂の霊薬、偉大な自然が用意する大盤振る舞い、
命の饗宴の第一の滋養、あの眠りを――。（二幕二場）

マクベスは眠りを殺した　「梟と蟋蟀」の会話を交わすマクベスの手にはまだ凶器の短剣が握られている。血まみれの手に見入って「なんとみじめなざまだ」と呟く。ほとんど放心状態でマクベスはこの科白を夫人にぶつける。「眠り」を歌ってこれに優る表現を筆者は知らない。シーザー暗殺を決意したブルータスもその瞬間から眠りを失う。だが、ブルータスにある「大義」がマクベスにはない。一方が国家の大義なら他方は単なる主君殺し。その間に横たわる心理の淵は暗く深い。いかなるロジックもマクベスを正当化できない。マクベスの手によるその後のノンストップの流血は、すべてこの甘美な眠りをむさぼるためだった。

Go, get some water,
And wash this filthy witness from your hand. —
Why did you bring these daggers from the place?

They must lie there: go, carry them, and smear
The sleepy grooms with blood.

さあ　早く水をもってきて、汚らしい証拠を
その手から洗い落としておしまいなさい。
それに、なぜその短剣をもってきたんですか？
現場に落ちているはずのもの！
返していらっしゃい。それから　眠っている
二人のお付に血を塗りつけてくるのです。（二幕二場）

汚らしい証拠　マクベスの「詩」に夫人はあくまでも「散文」で応ずる。形式は韻文だが、内容は事後処理の散文的指示。国王殺害の嫌疑が自分たちにかかってはならない。前の晩、夫人は王の従者二人を意図的に酔いつぶしている。これに血痕と嫌疑を同時になすりつける。「手から血痕を洗い落とす」。以後、これがこのドラマの心理面のライトモチーフとなる。

Infirm of purpose!
Give me the daggers. The sleeping, and the dead,
Are but as pictures; 'tis the eye of childhood
That fears a painted devil. If he do bleed,
I'll gild the faces of the grooms withal,
For it must seem their guilt.

なんて　お気の弱い！
短剣をこちらにお寄越しなさい。眠っている人間も
死んだ人間も絵と同じこと。絵に描いたお化けを
こわがるなんて、子供のすること。血を流していたら
お付の顔に塗りつけてやる。あいつらの仕業と
見せかけてやる。（二幕二場）

絵に描いたお化け　あくまでも気丈な夫人と、うろたえ気味のマクベス。大事決行直後の両者が

対照的に描かれる。ただし、ドラマの進行とともにこの両者の立場は逆転するが――。前段の「血を塗りつけてくるのです」との夫人の指示に、マクベスは「俺はもう行かぬ。自分のしたことを考えるのも恐ろしい。二度とあんなもの、目にしたくない」と応ずる。これに対し夫人はこの科白を言い放って自ら事を行う。

Will all great Neptune's ocean wash this blood
Clean from my hand? No, this my hand will rather
The multitudinous seas incarnadine,
Making the green one red.

海神ネプチューンの手から大海の水を傾けるなら
この血をきれいに洗い流せるだろうか？
ああ、だめだ。かえって
波ことごとくがこの手の血で真紅に染まり、
緑の大海原は朱と変わろう。（二幕二場）

波ことごとくがこの手の血で真紅に　手から血を洗い流したい。この想念にマクベスは終生さいなまれる。大海の水で血痕を洗い流すイメージを作者は古代ローマの劇作家セネカから得たらしい。いずれにせよ終わりから二行目はシェイクスピアの詩人としての天稟を示す詩句として古来有名。**Seas**という単音節の語の前後に多音節の語を配し、その圧倒的な瞬発力で観客（読者）に迫る。**incarnadine**はこの語脈では「朱に染める」意の他動詞。

Had I but died an hour before this chance,
I had liv'd a blessed time; for, from this instant,
There's nothing serious in mortality;
All is but toys: renown, and grace, is dead;
The wine of life is drawn, and the mere lees
Is left this vault to brag of.

いっそ一時間前に死んでいたなら

幸福な一生だったものを。今、この瞬間
この世で価値あるものはいっさい消え失せた。
すべては玩具に過ぎぬ。名誉も徳も死に絶えた。
命の酒は飲み干され、この穴蔵に残っているのは
ただ空しい滓だけだ。（二幕三場）

命の酒は飲み干され　ダンカン王が惨殺死体で発見され大騒ぎとなる。騒ぎの間にマクベスは国王お付の従者二人を殺害して証拠を隠滅する。王子マルコムとドナルベインは不穏な空気を察し、その場からイングランドとウェールズへそれぞれ逃亡する。夫人は失神を演じて満座をあざむく。そこでマクベスの唇から「いっそ一時間前に――」とふたたび詩が洩れる。マクベスにとっては真実の言葉。それはこの状況では同時に世間瞞着の大芝居でもある。この結果、逃亡した二王子に嫌疑がかかる。マクベスはその日のうちにスコットランド王に推挙され（ダンカン王とマクベスは従兄弟の関係）、ドラマの前半は幕となる。

We have scorch’d the snake, not kill’d it:

She'll close, and be herself; whilst our poor malice
Remains in danger of her former tooth.
But let the frame of things disjoint, both the worlds suffer,
Ere we will eat our meal in fear, and sleep
In the affliction of these terrible dreams,
That shake us nightly.

おれたちは蝮に一太刀あびせたが　仕留めそこねた。
その傷はいずれ癒え、蝮は生き返る。手を出したこちらは
いつその毒牙にかかるか知れたものでない。
三度の食事もびくびく取り、
夜毎の眠りも悪夢にさいなまれる。
こんな目にあうくらいなら、いっそ宇宙の骨組みなど
崩れ落ちるがいい。天も地も滅び去るがいい。（三幕二場）

崩れ落ちよ宇宙の骨組み　これまでの展開で誰の目にも明らかなことが一つある。武将バンクォーがすべての発端のあの魔女の予言を知っている点である。この段階でマクベスの不安の根源もここにある。しかもその予言ではバンクォーの子孫が代々の王になるという。バンクォーとその嗣子フリーアンスを亡き者に……。この暗い情念がマクベスの心のなかで次第に鎌首をもちあげる。さて、ダンカン王殺しから数ヶ月が経過したころ、マクベスは王宮での大夜会を計画し、バンクォー親子をおびきよせる。物思いに沈むマクベスに夫人は「なにを一人でつまらぬことにくよくよ。すんだことはすんだこと」と声をかける。これをマクベスは壮大な修辞で切り返す。「蝮」とはマクベスと夫人が対峙打開しなければならぬ運命全体をいう。

Light thickens; and the crow
Makes wing to th'rooky wood;
Good things of Day begin to droop and drowse,
Whiles Night's black agents to their preys do rouse.
Thou marvell'st at my words: but hold thee still;
Things bad begun make strong themselves by ill.

So pr'ythee, go with me.

おお、夕暮れがやってくる。
からすが夜の森へ帰っていく。
昼の善良なものたちが　うなだれてまどろむと、
闇夜の手先が　獲物を求めてみじろぎ始める。
私の言葉に驚くことはない、落ち着いていなさい。
悪で手をつけたことは　悪で仕上げるほかないのだ。
さあ、私といっしょに行こう。（三幕二場）

悪は悪で仕上げる　実はマクベスはバンクォー親子殺害の刺客を野に放っているが、夫人には明言しない。「なにが起きるのですか」と問う夫人をマクベスはこの言葉でなだめる。夫人の心はすでにバランスを失い始めている。ダンカン王殺害の後は夫妻の立場は逆転している。「からすが夜の森へ」以下は鬼気迫る表現。毒食らわば皿まで……。

Be lion-mettled, proud, and take no care
Who chafes, who frets, or where conspirers are:
Macbeth shall never vanquish'd be, until
Great Birnam wood to high Dunsinane hill
Shall come against him.

ライオンの心を身につけるのだ、どっしりと構えよ、
誰が怒ろうと悩もうと、誰が謀反をたくらもうと、
歯牙にもかけるでないぞ。マクベスは決して滅びはせぬ。
バーナムの大いなる森がダンシネインの高い丘へ
押し寄せてこぬかぎりはな。（四幕一場）

マクベスは決して滅びぬ　将軍バンクォー殺害には成功するが、嗣子フリーアンスは取り逃がす。そのバンクォーの亡霊が夜会に現われマクベスは取り乱す。亡霊は魔女と同様に異界に属する。魔女の予言から出発したマクベスがこれに畏怖するのは当然だ。マクベスのこの様子を目にし

て、有力な武将、貴族、廷臣の間に漠然とした疑念が生ずる。このマクベスにふたたび魔女が出現し、前回と同様三つの予言を伝える。第一「ファイフの領主マクダフに用心しろ」。第二「女から生まれた奴でマクベスに手向かえるものは一人もおらぬ」。第三がこの予言。第一の予言にマクベスは納得する。しかし、第二、三の予言の前提は想像すら困難。したがってマクベスは自らの権力保持に自信を深める。

He has no children. — All my pretty ones?
Did you say all? — O Hell-kite! — All?
What, all my pretty chickens, and their dam,
At one fell swoop?

奴には子供がないからな。あの可愛い子供たち
みんなか？　おい、そう言ったんだな？
地獄の鳶め！　子供も一人残らず？
おれの可愛い雛も母鳥も、あの爪で

ぜんぶ一つかみにさらったと言うのか？（四幕三場）

地獄の鳶　武将マクダフは、逃亡の地でイングランド王の手厚い庇護下にあるマルコム王子と会い、スコットランド侵攻の計画を練る。そこへ妻子受難の知らせがとどく。マクベスが送った刺客団により皆殺しと。「地獄の鳶め！……」、復讐を誓う悲痛な叫びである。

Out, damned spot! out, I say! — One; two: why, Then 'tis time to do't. — Hell is murky. — Fie, my Lord, fie! A soldier, and afeard? — What need we fear who knows it, when none can call our power to accompt? — Yet who would have thought the old man to have had so much blood in him?

一つ、二つ、おや、やる時間だ。地獄ってなんて陰気なんだろう。ああ、情けない！　あなたは武人だというのに、怖がったりして、誰が知ろうと怖がることなんかあって？あなたは権力者、誰が裁けるものですか。でも、老人のくせに、あんなに血があるなんてびっくりだわ。（五幕一場）

呪いの血痕　マクベスのダンシネイン城の一室。あの気丈なマクベス夫人が今や精神錯乱の兆候を呈している。医師と侍女が見守る前で夫人はあらぬことを口走る。「一つ、二つ」はあのときの鐘の音を聞いている幻覚。「老人」はむろんダンカン王。観客は妖気に魅入られ医師とともにただ見守るほかない。このドラマの名場面の一つである。

She should have died hereafter:
There would have been a time for such a word. —
To-morrow, and to-morrow, and to-morrow,
Creeps in this petty pace from day to day,
To the last syllable of recorded time;
And all our yesterdays have lighted fools

The way to dusty death. Out, out, brief candle!

あれも　いつかは死なねばならなかったのだ。
いつかは来るのだ、その知らせが届く時が。
明日　また明日　またその明日、こうして
時はとぼとぼと足を引きずり、
人間の歴史の最後のページへ歩んでゆく。
昨日という日は、泥土にまみれて死ぬ道筋を
いつも愚か者たちに照らしてきたのだ。
消えよ　消えよ　つかの間のともし火！　（五幕五場）

消えよ　消えよ　つかの間のともし火！　そのダンシネイン城に王子マルコム、武将マクダフが率いるイングランドの大軍が押し寄せる。悪に対する正義の軍。城からは逃亡者が相次ぐ。しかし、マクベスには魔女の予言という後ろ盾がある。ある日、城の奥の一室から侍女たちの悲鳴が聞こえる。それはマクベス夫人の死を告げるものだった。自然死とは考えにくい。

Life's but a walking shadow; a poor player,
That struts and frets his hour upon the stage,
And then is heard no more: it is a tale
Told by an idiot, full of sound and fury,
Signifying nothing.

人の一生は動きまわる影法師、哀れな役者に過ぎぬ。
自分の出番のときだけ舞台の上で
ふんぞり返ったり　わめいたり。
だが　その声もやがて聞こえなくなる。
人の一生とは　うつけ者が唱える物語。
がやがやと凄まじいばかり、ついには
何のとりとめもありはせぬ。（同、続き）

人の一生とは　うつけ者が唱える物語　前段の「明日　また明日」からこの段にかけては、ハムレットの独白、アントニーの演説などとならんで、シェイクスピアの全作品中、もっとも人口に膾炙した科白。さて、あの魔女の予言はどうなったのか。まず「バーナムの大いなる森がダンシネインの高い丘へ押し寄せてこぬかぎりは……」の前提が現実となる。マルコムは全軍にこう命ずる。「めいめいが木の枝を頭上にかざして進軍せよ。こちらの兵力をかくし、敵の見張りに間違った報告をさせよう」。魔女の次の予言「女から生まれた奴でマクベスに手向かえる者は一人もおらぬ」も裏目に出る。マクベスと剣を交えた武将マクダフはこう名乗る。「このマクダフは月足らずで母の腹を断ち割って引きずり出された男だ」。マクベスはマクダフに斬り殺される。王子マルコムはマクベス夫婦を「この残虐な人殺しと鬼のごとき妃」と唾棄し、自らの即位と新秩序を宣言する。

マクベスは魔界の囁きから絶対権力を垣間見る。その後は毒食らわば皿まで。非道に非道を重ね自滅する。マクベス夫人は、夫に自らの欲望実現の代理実行者を見る。しかし、夫の心は夫人への愛から次第に権力願望のほうへ比重を移す。歴史劇『マクベス』はすぐれて女の愛の挫折の物語でもあった。

わたしの恋は熱病のようだ
しかもその病気がさらに長引くことを憧れている病気だ

『ソネット集』より

From fairest creatures we desire increase,
That thereby beauty's Rose might never die,
But as the riper should by time decease,
His tender heir might bear his memory:

たぐいなく美しい人から子孫が殖えることが望ましい
そうすれば　美の薔薇は死に絶えることがない
やがて時がきて　年老いたものが消えていこうと

若い跡継ぎに　その面影がやどる（一番一連）

But thou contracted to thine own bright eyes,
Feed'st thy light's flame with self-substantial fuel,
Making a famine where abundance lies,
Thy self thy foe, to thy sweet self too cruel:

しかし　きみは自らのまぶしい瞳と婚約し
自給自足の薪で　光の焔をかきたてようとする
豊穣があるべきところに飢饉を起こす
自らを敵にまわすとは　美しいきみに酷すぎはしないか（同一連）

Thou that art now the world's fresh ornament,
And only herald to the gaudy spring,
Within thine own bud buriest thy content,

And tender churl mak'st waste in niggarding:

今きみはこの世の新しい飾り
春の萌黄色の到来を告げるただ一人の使者
そのきみが　自らの蕾の中に財宝を埋蔵しておくとは
若い守銭奴だ　けちけちして浪費するというものです（同三連）

Pity the world, or else this glutton be,
To eat the world's due, by the grave and thee.

世の中を憐れみなさい　でなければ大食漢となる
世間の税金を　きみと墓とで食いつくすことになる（同終連）

一番　豊穣と飢饉　シェイクスピアの時代に英国で大流行したこの詩形の十四行詩をソネットと言い慣わしている。ソネットのそもそもは十四世紀ルネサンス時のイタリアのペトラルカが源流で、その後長らくテーマは若い恋人への礼賛、かなわぬ恋の告白、束の間の人生への詠嘆などに限られていた。しかし、シェイクスピアの出現で対象は森羅万象に拡大される。一六〇九年に出版されたウィリアム・シェイクスピア著『ソネット集』には一五四篇の作品が収録されているが、作者三十歳代から四十歳代にかけての収穫と考えられる。この一番から一七番までは「勧婚のソネット」で知られるコレクションで、「きみ」とは有力領主の御曹司（最も可能性が高いのはサウサンプトン伯）。すなわち、二十歳そこそこの気ままな美貌の若者に一回りほど年上の同性の詩人が結婚を勧めるという珍しいセッティングである。「結婚して子孫にその美しい容姿を伝えなさい。ナルシシズムに終始するなら、本来豊穣が約束された土地に飢饉が起きる。それでいいのか」。比喩の的確さとともに、作者の世故に長けた一面ものぞかせて、含蓄深い一篇を構成している。

Shall I compare thee to a summer's day?
Thou art more lovely and more temperate:
Rough winds do shake the darling buds of May,
And summer's lease hath all too short a date:

きみを夏の日にくらべても
きみはもっと美しくもっとおだやかだ
はげしい風は五月のいとしい蕾をふるわせ
また夏の季節はあまりにも短い命（一八番一連）

Sometime too hot the eye of heaven shines
And often is his gold complexion dimmed,
And every fair from fair sometime declines,
By chance, or nature's changing course untrimmed:

時に天の目はあまりにも暑く照りつけ
その黄金の顔色は幾度も暗くなる
美しいものもいつかは衰える
偶然か自然の成り行きで美は刈り取られる（同二連）

But thy eternal summer shall not fade,
Nor lose possession of that fair thou ow'st,
Nor shall death brag thou wand'rest in his shade,
When in eternal lines to time thou grow'st,

だが　きみの永遠の夏は色あせることはない
きみがもっている美はなくなることはない
死もその影にきみが迷いこんだと自慢はできない
きみは生命の系譜の中で永遠と合体するからだ（同三連）

So long as men can breathe or eyes can see,
So long lives this, and this gives life to thee.

人間が呼吸できるかぎり　その目が見えるかぎり

この一篇の詩は生き残り　きみに生命を与えつづける（同終連）

一八番　夏の日　英詩の指折りの名作として古来名高い作品。「勧婚のソネット」十七篇を書き上げたシェイクスピアは、この詩形にかなりの手ごたえを感じたに違いない。これで森羅万象に立ち向かうことができる。想を新たにして連作に挑みまず得たのがこの「夏の日」。この作品で英国の読者の多くは五月から六月にかけてのイングランドのなだらかな起伏に富む緑の丘陵と、その天空をゆっくりと横切る太陽を思い浮かべる。「きみ」は文脈上は相変わらず「若い御曹司」。しかし、読者のイメージの中では「われらの麗しい父祖の地」に変容する。その恵み深い沃野の上を「天の目」太陽がおもむろに横断する。五、六、七、九行目の各行末の動詞が示す太陽の状態、**shines**（照る）、**dimmed**（暗くなる）、**declines**（傾く）、**fade**（色あせる）は、日の出から日没までを描写し、同時に一人の人間の生涯を暗示し、季節のめぐりをも示唆する。個人はいつか老いる。しかし、イングランドの大地は再生産してやまない。これを承け、第三連でふたたび「勧婚」のテーマが示される。「きみは生命の系譜の中で永遠と合体するからだ」。良い妻を娶り自分の面影と血を受け継ぐ子孫を「この麗しの民族」に残すことで、人は生命の永遠の系譜に連なることができる。

しかし、最終行はショッキングだ。「この一篇の詩は生き残りきみに生命を与えつづける」。すでに『リチャード三世』や『ジュリアス・シーザー』を世に問うていたとはいえ、三十歳そこそこのシナリオ書きのこの強烈な自負。おのれが紡ぐ言葉を永遠のタイムスケールに設定し、人間をこれに従属せしめる。英語に bardolatry（シェイクスピア崇拝）という表現があるが、シェイクスピアの神格化がこの近辺から立ちこめ始める。

Mine eye and heart are at a mortal war,
How to divide the conquest of thy sight;
Mine eye my heart thy picture's sight would bar,
My heart mine eye the freedom of that right.

きみの姿という戦利品をどう分け合うか
私の眼と心が命がけで争っている
眼は　心に　きみの絵姿を見せまいとする
心は　眼に　見る権利を自由に使わせまいとする（四六番一連）

My heart doth plead that thou in him dost lie,
A closet never pierced with crystal eyes;
But the defendant doth that plea deny,
And says in him thy fair appearance lies.

心は　そこにきみを住まわせていると申し立て
そこは透明な水晶の眼も入りこめない私室だと主張する
しかし　相手はこの申し立てを否認し
きみの美しい容貌は眼のなかにあると言い立てる（同二連）

To 'cide this title is impannellèd
A quest of thoughts, all tenants to the heart;
And by their verdict is determinèd
The clear eyes moiety, and the dear heart's part:

この所有権を決するため　思考という
心の借地人が陪審に選ばれる　さて
その判決により　明澄な眼の分け前と
親しい心の分け前が　こう決められた――（同三連）

As thus mine eye's due is thy outward part,
And my heart's right thy inward love of heart.

すなわち　私の眼の取り分は　きみの外側の姿
私の心の取り分は　きみの内なる心の愛と（同終連）

四六番　眼と心の争い　いわゆるconceit（機知に富んだ奇抜な比喩）の作品。心による真の愛と眼による一目惚れの争いは、ルネサンス以来の普遍的な詩の題材だった。この作品でも「きみ」は例の美貌の若者だが、詩の構成上の知的な狙いの一つとしてright（権利）、plead（申し立て）、

defendant（被告人）、title（法的所有権）、impannel（陪審員を選任する）、quest（陪審）、tenant（借地人）、verdict（評決）、moiety（財産などの分け前）、due（当然の受け取り分）など、裁判用語の一貫した選択を指摘することができる。春まっただ中の青年を眼と心が争うというテーマと、この四角四面の用語選択との間ですんなり折り合いをつける。これも作者の言語的膂力の賜物というほかはない。

Not marble nor the gilded monuments
Of princes shall outlive this pow'rful rhyme,
But you shall shine more bright in these contents
Than unswept stone, besmeared with sluttish time.

王侯の大理石の墓も　金箔を張った記念碑も
この力ある詩より長くは残らない
時の汚れた埃にまみれ打ち捨てられた石碑よりも
この詩のなかで　きみはさらに光り輝く（五五番一連）

When wasteful war shall statues overturn,
And broils root out the work of masonry,
Nor Mars his sword nor war's quick fire shall burn
The living record of your memory.

なにもかも破滅させる戦争が彫像をくつがえし
動乱が石造りの伽藍を根こそぎにしても
きみを追憶するこの永遠の記録だけは
軍神マースの剣を避け　戦いの猛火にも焼かれない（同一連）

'Gainst death and all oblivious enmity
Shall you pace forth; your praise shall still find room,
Ev'n in the eyes of all posterity
That wear this world out to the ending doom.

きみは　死にも　忘却という敵にも立ち向かい
堂々と歩み続ける　きみの栄誉は
後世の人々すべての眼のなかに席を占め
この世の終末まで　生き続ける（同三連）

So, till the judgement that yourself arise,
You live in this, and dwell in lovers' eyes.

こうして　最後の審判のときにまたよみがえるまで
きみはこの詩のなかで生き　恋人たちの眼のなかに住まう（同終連）

五五番　最後の審判　最終二行、どこかで目にしたような……。そう、ソネット一八番の結びの行だ。「この一篇の詩は生き残りきみに生命を与えつづける」。さて、作者の側のこの種の強烈な自負は、なにもシェイクスピアの専売特許ではない。先達はあった。ただし、はるかナザレのイエスの時代にまでさかのぼる。古代ローマの大詩人ホラティウスは作品『オード』でこう書いている。「私は建て終えた、青銅の像よりも永続し王墓ピラミッドよりも屹立する記念碑を」。同じく詩人オウィディウスは代表作『変身譚』の末尾をこう締めくくっている。「ユーピテルの猛き怒りも、剣も火も、貪婪な時の経過も、その悉皆の力をもってしても、滅することのできぬ作品を私は仕上げた」(いずれも英訳より重訳)。言語による表現者の一部は、二千年以前にこの種の栄光をすでに公然と主張している。ホラティウスもオウィディウスもその自負に忠実に今に至るも残り続けている。しかし、この自負はその後千数百年も眠り続ける。それが英国ではシェイクスピアにより目覚める。英国ルネサンスの傑出したリーダーである所以だ。ソネット一八番から一二六番まで、シェイクスピアの洞察力と歌は、「若き嗣子」に仮託しながらも、人間をめぐる悉皆に及んでやまない。

They that have power to hurt, and will do none,
That do not do the thing, they most do show,
Who moving others are themselves as stone,
Unmovéd, cold, and to temptation slow:

人に害を加える力はあるが　決して害を加えない人たち
外見ではなにかやりそうだが　決してしない人たち
他人を動かすことはあるが　自らは石のように動かず
どっしり冷静で　誘惑に負けぬ人たち（九四番一連）

They rightly do inherit heaven's graces,
And husband nature's riches from expense,
They are the lords and owners of their faces,
Others but stewards of their excellence:

こういう人たちは　まこと天の恩寵を受け継ぎ
自然の富を浪費からつつましく守る人間である
この人たちは自分の顔の領主であり主人でもある
ほかの人間は　この優れた殿様の使用人にすぎない（同二連）

The summer's flower is to the summer sweet,
Though to it self, it only live and die,
But if that flower with base infection meet,
The basest weed outbraves his dignity:

夏の花は　ひとり咲きひっそりしぼんでいくが
夏の天地に　いっとき甘い香りをただよわせる
だが　もしこの花が悪い疫病にかかると
どんな卑しい雑草よりも無残な姿を地にさらす（同三連）

For sweetest things turn sourest by their deeds,
Lilies that fester smell far worse than weeds.

いかに美しいものでも行為によっては醜怪になる

腐った百合は雑草よりひどい臭いを天地に放つ（同終連）

九四番　恩寵の人　印象深い一篇。読者は劇ではマクベス夫人の、リチャード三世の、ブルータスの、ポロニアスの、ジェイクィーズの人間論に耳を傾けるほかないが、ここではシェイクスピア本人の生の人間観の一端に接することができる。このソネット集でも引用されることのもっとも多い作品の一つである。しかし、作者が果たして「この人たち」を本当に肯定し称えているのか、それとも一見肯定する口ぶりで実は否定しているのか、またここに皮肉があるとすれば、どの程度のどんな種類の皮肉か、解釈の分かれるところである。

Let me not the marriage of true minds
Admit impediments. Love is not love
Which alters when it alteration finds,
Or bends with the remover to remove.

真実なる心と心が結婚するにあたり　われに

障害の介入を認めさせ給うな　事情の変化で変わる愛
相手が心を移せば　おのれも心を移す愛
そんな愛は　愛ではない（一一六番一連）

O no, it is an ever fixed mark
That looks on tempests and is never shaken;
It is the star to every wand'ring bark,
Whose worth's unknown, although his height be taken.

おお　断じて違う　愛は嵐の中でも揺るぐことなく
堅固に立ち続ける灯台だ
さまよう小舟すべてを導く星だ
その高さは測れようと　その価値は測りがたい（同二連）

Love's not time's fool, though rosy lips and cheeks

Within his bending sickle's compass come.
Love alters not with his brief hours and weeks,
But bears it out ev'n to the edge of doom.

たとえ薔薇色の唇と頬が「時」の半円の大鎌で
刈り取られても　愛は時の道化になり果てることはない
愛は　短い時間や週の単位で変わることはない
最後の審判の日まで耐えぬくものだ（同三連）

If this be error and upon me proved,
I never writ, nor no man ever loved.

これが誤りで　私が間違っているとなれば　なにも
書かなかったと同じ　愛した男もいないことになる（同終連）

一一六番　愛の真実　人口への膾炙では一八番と双璧をなす作品。当時の英国国教会の祈祷書によれば、結婚式を挙げる男女は、正当な結婚ができない「障害」があることを知れば、これを告白せよと求められていた。また、当時の恋愛ソネットでは、恋に悩む詩人を嵐にもまれる小舟に、恋人の眼を導きの星や灯台にたとえるのが習慣だった。このソネットでも「愛」は文脈上は「きみ」と「私」の間の状況らしい。しかし、英国の読者はここに愛の普遍の定義を読み取る。このプラトン的、英国国教会的、優等生的な愛の定義！　ここには英国の公衆が安心して奉ることができる賢者シェイクスピアがいる。一方、意表をつく最終二行にも注目したい。ここでもあの自負が反語の呟きで顔をのぞかせている。

My love is as a fever, longing still
For that which longer nurseth the disease,
Feeding on that which preserve the ill,
Th' uncertain sickly appetite to please.

私の恋は熱病のようだ　しかもその病気が

さらに長びくことさえ憧れている病気だ
その病気を養うものを食い
なにか気まぐれで病的な食欲を満たしている（一四七番一連）

My reason, the physician to my love,
Angry that his prescriptions are not kept,
Hath left me, and I desp'rate now approve
Desire is death, which physic did except.

私の理性は　この病をなおす医師だが
処方が守られぬことに怒り　私を見捨てた
私は半狂乱になり　薬を拒む欲望は
死であると　この身に思い知らされた（同二連）

Past cure I am, now reason is past care,

And frantic mad with evermore unrest,
My thoughts and my discourse as madmen's are,
At random from the truth vainly expressed;

私は理性にも見放され　なおる見込みもない
ますます不安にさいなまれ　狂気の沙汰だ
考えることも言うことも　狂人と同じ
しどろもどろで　まったくのあてずっぽう（同三連）

For I have sworn thee fair, and thought thee bright,
Who art as black as hell, as dark as night.

地獄のように黒く　夜のように暗いお前を
私は美しいと誓い　輝くばかりと思ったのだから（同終連）

一四七番　熱病　さて、このソネット連作で一番から一二六番までは「きみ」が主役だが、一二七番から一五二番にかけて作者の関心はdark lady（浅黒い女）へ移る。この女性については諸説紛々（宮廷女官説、酒場の女主人説、黒人女説など）だが、一般には髪と眼が黒く、肌もやや浅黒いイタリア系またはイスパニア系の女性と見られている。「私」とこの「浅黒い女」は明らかに男女の仲にある。ところがこのカルメン風美女と「きみ」がただならぬ仲になる。三角関係だ。「若き嗣子」が「勧婚のソネット」から学んだ気配はない。「私」は時に賢者の相貌をかなぐり捨て、のたうち悩み、呪詛の言葉をこの女へ投げつける。あの「一二六番　愛の真実」を書きえた作者と、この「熱病」の作者は同一人物？　と戸惑う読者もいるかもしれない。しかし、これがシェイクスピアという詩人の懐の深さと筆者は感じている。このソネットで作者は「恋の病」の至福境をさまよう。この業病を「養うものを食う」。ソネット集全篇にちりばめられたこの作者独壇場のウィットである。ここにいるのも耽溺者・破滅者ではなく、賢者・観察者にほかならない。耽溺を流述しながらも、読者にはぜったいに安全な座席を提示する。詩人はついには取り乱さない。

詩人のペンはまったくの空無に一つの確固とした居場所と名を与える

『夏の夜の夢』より

Lovers and madmen have such seething brains,
Such shaping fantasies, that apprehend
More than cool reason ever comprehends.

恋人と狂人は頭の中が煮えたぎっている。
だから、冷静な理性ではとても考えおよばない
妄想を、いとも簡単にでっちあげる。（五幕一場）

The lunatic, the lover, and the poet
Are of imagination all compact.
One sees more devils than vast hell can hold.
That is the madman. The lover, all as frantic,
Sees Helen's beauty in a brow of Egypt.

気違いと恋人と詩人は
いずれも想像力でこりかたまっている。なかには、
広大な地獄さえ抱えきれないほどの悪霊を見るものもいる。
それが狂人だ。一方、恋人もこれに劣らず頓珍漢で、
真っ黒なエジプト女に絶世の美女ヘレンを見た気でいる。（同、続き）

The poet's eye, in a fine frenzy rolling,
Doth glance from heaven to earth, from earth to heaven.
And as imagination bodies forth

The forms of things unknown, the poet's pen
Turns them to shapes, and gives to airy nothing
A local habitation and a name.

詩人の眼は、霊感を得て狂おしく回転し、
天から地へ、地から天へと広く見わたす。
そうして、想像力が未知の事物の形を創り出すにつれ、
詩人のペンはこれを具象化し、それまでのまったくの空無に
一つの確固とした居場所と名を与える。（同、続き）

狂人と恋人と詩人　アセンズの公爵シーシューズが、館を訪れたアマゾン女族の女王で婚約者のヒポリタに語りかける科白。近隣の森では媚薬をめぐる手違いから二組の恋人同士が頓珍漢などたばたを演じ、これに職人からなる素人芝居の一団と妖精のグループがからみ、想像を絶する大騒ぎが繰り広げられる。しかし、すべて目出度く大団円となり、「あの若い恋人たちの話のなんと不思議なこと」とのヒポリタの誘いに、公爵は狂人と恋人と詩人の共通項と非共通項の

指摘で応ずる。シェイクスピアの数少ない詩人論の白眉として広く知られるくだり。「想像力が空無を具象化し、これに居場所と名を与える」。ここには、詩の本質に一気に迫るルネサンス人としてのシェイクスピアの真骨頂を見ることができる。

世界はすべて芝居の舞台

All the world's a stage,
And all the men and women merely players.
They have their exits and their entrances,
And one man in his time plays many parts,
His acts being seven ages.

世界はすべて芝居の舞台だ。
男も女もすべて役者にすぎぬ。

『お気に召すまま』より

めいめい退場があり登場があり、
その間、一人でさまざまな役どころを演じ、
幕は七つの時期となる。（二幕七場）

幕は七つの時期となる　理屈尽くめの憂鬱なインテリの雰囲気でシェイクスピア劇では異彩を放つジェイクイズの科白。七つの時期とは、赤ん坊、生徒、恋人、兵士、裁判官、老人、元の子供をいう。『マクベス』などにも類似の人生論があり、作者お好みの、また観客にも人気のある大上段の所作事でもあった。シェイクスピアは劇団専属のシナリオ書きだが、同時に舞台役者も兼ねていた。そのこともこの名調子と無関係ではあるまい。

お前もか　ブルータス

Therefore, good Brutus, be prepar'd to hear;
And since you know you cannot see yourself
So well as by reflection, I, your glass,
Will modestly discover to yourself
That of yourself which you yet know not of.

そこでだ、ブルータス、まあ聞いてくれ。
自分を見るには反射する鏡が必要と君は言ったな。

『ジュリアス・シーザー』より

では、おれがその鏡になろう。君自身の知らぬ己の姿をありのままに映してお目にかけよう。（一幕二場）

己を映す鏡　西暦前四四年、シーザー（カエサル）の名が全ローマ世界に鳴り響き、この時代の第一人者を皇帝に推す空気が高まっている。某日、そのシーザーに一人の占い師が路傍で声をかける。「気をつけるがよい、三月十五日を」。シーザーはこれを歯牙にもかけない。一方、有力貴族キャシアスは、このところ同僚ブルータスの挙動に注目を怠らない。ブルータスは名門の出でシーザーの信任も厚く、ローマを担う次世代のホープとして衆目を集めている。そのブルータスにキャシアスはまずこう打診する。「近時ローマでは多くの人士が今の圧制の世を嘆き、君の名を口にして自分の目を君に貸してやりたいと言っている。君には自分の顔が見えているのか?」。これにブルータスはこう応ずる。「目が己を見うるのは、ただ反射によってだけ」。これを引き取りキャシアスは「おれがその鏡に」と身を乗り出す。このドラマを貫く「思弁」の幕開けである。

But wherefore do you hold me so long?

What is it that you would impart to me?
If it be aught toward the general good,
Set honour in one eye, and death i'th' other,
And I will look on both indifferently.

ところで、なにか用か、こうしてさっきから
おれを放そうとせぬが？　いったいなにが言いたいのだ？
もしそれが公のためになることなら、
片方の目には名誉を、もう片方の目には死を映し出してくれ。
おれはその二つを公平に眺めよう。（一幕二場）

君はおれになにが言いたいのだ　キャシアスの打診の言葉が終わったころ、遠くから人々の喚声が聞こえる。ブルータスは「市民がシーザーを王に選ぶ喚声か？　ほうってはおけぬ」と口走る。キャシアスはこれを素早くとらえ「ほうってはおけぬと言うのだな。君はこれに反対と考えていいのだな」とたたみかける。これに応ずるブルータスの言い分。「公のため」「名誉」が以

後の展開のキーワードとなる。

I know that virtue to be in you, Brutus,
As well as I do know your outward favour.
Well, honour is the subject of my story.
I cannot tell what you and other men
Think of this life; but for my single self,
I had as lief not be as live to be
In awe of such a thing as I myself.
I was born free as Caesar; so were you;
We both have fed as well, and we can both
Endure the winter's cold as well as he:

確かに君にはその骨っぽさがある。君の顔と同様、
おれはそれを知っているつもりだ、ブルータス。

さて、おれがさっきから話したかったこと、じつは
君の言うその名誉に関わることなのだ。
君やほかの人がこの人生をどう考えているか、
もちろん　おれには分かりようがない。だが、
少なくともこのおれは、自分と同列の人間を恐れながら
生きるなど、まっぴらごめん。
おれはシーザーと同様に自由な人間として生まれた。
君だってそうだ。おれたちは同じものを食っている。
同じ冬の寒さに耐えられる。あの男と違いはしない。（一幕二場）

長広舌　キャシアスの長広舌で知られる科白。ここに示したのはそのほんの入り口。このドラマには主要登場人物の弁論合戦の側面もある。ただし、各自の生死と国家の命運をかけた「思弁」の怖いつばぜり合い。キャシアスはシーザーが普通の人間に過ぎないことを自分の実体験からとうとうとまくしたてる。ただし、ブルータスの「名誉」とは次元を異にする文脈に注目されたい。

Brutus and Caesar: what should be in that "Caesar"?
Why should that name be sounded more than yours?
Write them together, yours is as fair a name;
Sound them, it doth become the mouth as well;
Weigh them, it is as heavy; conjure with 'em,
"Brutus" will start a spirit as soon as "Caesar".

ブルータスとシーザー、その「シーザー」に一体なにが詰まっているというのだ？
なぜ奴の名が君の名より高らかに響くのだ？
二つ並べて書いてみるがいい。君の名前だって立派なものだ。
呼んでみたまえ。響きのよさに変わりはあるまい。
秤にかけてみたまえ。まったく同じ重さだ。
呪文を唱えてみるがいい。「ブルータス」は「シーザー」と同様、
たちまち魔神を呼び起こすだろう。（一幕二場）

ブルータスとシーザー、どこが違う？　長広舌は遠くからふたたび聞こえてくる市民の歓声で中断される。これを聞きとがめるブルータスにキャシアスは次の追い討ちを浴びせる。今度はブルータスの「名」と「出自」をくすぐる。前六世紀の昔、ブルータスの直系の先祖はローマ最初の執政官をつとめている。

Would he were fatter! But I fear him not:
Yet if my name were liable to fear,
I do not know the man I should avoid
So soon as that spare Cassius. He reads much,
He is a great observer, and he looks
Quite through the deeds of men.

もっと太っていればよいものを！　だが気にはかけぬ。
このシーザーの名が恐れる者ありとしての話だが、

まず遠ざけねばならぬのが　あの痩せたキャシアス。
あの男は本を読みすぎる。目が聡い。
他人の心の底まで見通す。（一幕二場）

痩せた男　シーザーのキャシアス評の一端。現状に常に不満を抱く一部インテリの典型がここに浮かび上がって興味深い。キャシアス評はさらにこう続く。「ああいう手合いは、自分より大きな人物を見ると、心休まるときがない。だから危険というのだ」。

Well, Brutus, thou art noble; yet I see
Thy honourable mettle may be wrought
From that it is dispos'd: therefore 'tis meet
That noble minds keep ever with their likes;
For who so firm that cannot be seduc'd?
Caesar doth bear me hard; but he loves Brutus.
If I were Brutus now, and he were Cassius,

He should not humour me.

ふむ、ブルータス、なるほど貴様は高潔の士だ。
だが、そのご立派な精神も細工一つで元の鋳型から
違ったものに仕立て上げることもできぬではない。
だからこそ、高潔の士は常に高潔の士を友とするわけだ。
おだてに絶対に乗らぬほどの堅物が一体どこにいる?
シーザーはおれを嫌っている。が、ブルータスには甘い。
もしこのおれがブルータスで、
やつがキャシアスになったとしても、
おれならそんな甘やかしに乗るものか。(一幕二場)

謀事胎動　競技場の行事に参加していた同僚貴族キャスカからキャシアスとブルータスへ苦々しげな報告が入いる。「シーザーへ三度王冠が捧げられたが、シーザーは三たびこれを退けた。市民の歓声はその時のもの。捧げたのはアントニー」。『リチャード三世』にも類似の筋立てが

ある。ブルータスは「明日にでも」と再会を約して去る。キャシアスは独白で謀事の胎動を不気味に告げる。ブルータスを首領にかつぎ自分は参謀役に徹するつもりらしい。

It must be by his death: and for my part,
I know no personal cause to spurn at him,
But for the general. He would be crown'd:
How that might change his nature, there's the question.
It is the bright day that brings forth the adder,
And that craves wary walking.

やはりあの人物には死んでもらうよりない。
おれ個人としては、彼を蹴とばす理由は一つもない。
だが理由は公のほうにある。あの男は王冠を望んでいる。
それが彼の心根をどう変えるか？　それが問題だ、
麗らかな日和は蝮を誘い出す。

そんな時は用心して歩かねばならぬ。（二幕一場）

自己暗示　自宅で一人悩むブルータスの自己暗示。キャシアスから大事を打ち明けられた時点でブルータスの心の傾斜は決定的だったようだ。「麗らかな日和は蝮を誘い出す」の印象的比喩から始まるロジックの連鎖。しかし、結論をロジックで正当化しようとする心情傾向は否めない。仮定が次のロジックでは前提に格上げされる。ブルータスの「思弁」が造出した大義である。

O Rome, I make thee promise,
If the redress will follow, thou receivest
Thy full petition at the hand of Brutus.

おお、ローマ、おれは約束する。
それでお前が救えるものなら、なんなりと望むがいい。
ブルータスの手はお前のものだ！（二幕一場）

おおローマおれは約束する　深夜、ブルータス邸に市民からの投書が幾通も届けられる。むろんあのキャシアスの細工。そうとは知らぬブルータスはこれに目を通し感動する。策士の計略は功を奏する。一部市民の投書であるにせよ、自ら造出した大義に客観性が付与される。ブルータスの心は決まる。人類史上最大の暗殺事件がごとりと車輪をまわす。

Our course will seem too bloody, Caius Cassius,
To cut the head off and then hack the limbs,
Like wrath in death and envy afterwards;
For Anthony is but a limb of Caesar.
Let's be sacrificers, but not butchers, Caius.

それは残酷に過ぎるというものではないか、キャシアス。
首を切った上に　手足も断つ。憎しみのあまり殺し、
それでも足りず　むごい止めをさしたことになる。

アントニーはシーザーの手足に過ぎん。
おれたちの役目は生け贄を捧げることだ、キャシアス、
屠殺者になってはならんのだ。（二幕一場）

アントニーは見逃してやれ　深夜、ブルータスの私宅にこっそりと一味が集まる。最終的な意志統一。ブルータスとキャシアスの短い私語で事の大筋は一気に決まる。ここで「相手はシーザーだけか?」の声が上がる。これを受けキャシアスが提案する。「アントニーもやろう。奴を生かしておけば禍根を残す」。ブルータスはこれを退ける。彼の大義では当然の帰結だ。現実家と理想主義者の状況認識の食い違い。

Cowards die many times before their deaths;
The valiant never taste of death but once.
Of all the wonders that I yet have heard,
It seems to me most strange that men should fear,
Seeing that death, a necessary end,

Will come when it will come.

臆病者は　現実の死を迎える前に　あまたたび死ぬ。
勇者は　死の味をただ一度味わうだけだ。
世の不思議をおれは数多く耳にしてきたが、
人が死を恐れる気持ちほど分からぬものはない。
死は必然の結末。来る時にはかならず来る。
それを知らぬはずもあるまいに。（二幕二場）

臆病者はあまたたび死ぬ　当日朝のシーザー邸。前夜いやな夢を見た妻カルパーニアは、夫シーザーの外出を必死にとどめようとする。しかも、近頃自然界に不吉な前兆が多い。シーザーはこれをこの有名な科白でせせら笑う。王者の自負を表してあますところがない。

I could be well mov'd, if I were as you;
If I could pray to move, prayers would move me;

But I am constant as the northern star,
Of whose true-fix'd and resting quality
There is no fellow in the firmament.

おれがお前たちのような男なら、心を動かされもしよう。
おれが哀願によって人の心を動かそうと計る男なら、
その哀願でわが心を動かされもしよう。だが、
おれは北極星のように不動だ。満天の星々の中で
その動かざること他に比類のないあの星のようにな。（三幕一場）

北極星のように不動　シーザーは元老院で独裁官の椅子にすわる。暗殺一味の筋書きが粛々と進む。アントニーはそれとなくシーザーの身辺から遠ざけられる。キャスカが少し離れてシーザーの背後にまわる。ある政治家の復権を一味が各自シーザーに嘆願する。すべて筋書き通り。この嘆願をシーザーは断固はねつける。「北極星のように……」。これは王者の自負をとっくに通り越した神格の宣言だ。この土壇場でブルータスの大義をシーザー自らが是認した……。

Casca. Speak hands for me! [They stab Caesar.
Caes. Et tu, Brute? — Then fall Caesar! [Dies.
Cin. Liberty! Freedom! Tyranny is dead!
Run hence, proclaim, cry it about the streets.

キャスカ　この手に聞け！（背後からシーザーを刺す）
シーザー　お前もか、ブルータス？　それなら死ねシーザー！（死ぬ）
シナ　自由だ！　解放だ！　圧制は死んだぞ！
走れ、知らせるのだ、町々にふれて歩け。（三幕一場）

お前もか、ブルータス　腹心の裏切りの端的な表現として世に名高い問題の科白の原文はEt tu, Brute?　とラテン語。この場面について古代ローマの歴史家スエトニウスは主著『皇帝伝』で「お前もか、息子よ」と言ったと述べている。

O mighty Caesar! Dost thou lie so low?
Are all thy conquests, glories, triumphs, spoils,
Shrunk to this little measure? Fare thee well.
I know not, gentlemen, what you intend,
Who else must be let blood, who else is rank:
If I myself, there is no hour so fit
As Caesar's death's hour; nor no instrument
Of half that worth as those your swords, made rich
With the most noble blood of all this world.

おお　偉大なるシーザー！　こんな惨めなお姿に？
あの征服と栄光　勝利と戦利品　そのすべてが
こんな小さな寸法に収まってしまわれたのか？
どうか　わが別れの言葉をお受け取りください。
さて　みなさん　私は君たちの考えを知らない。

ほかにもまだ血を流さねばならぬ人間が必要なのか？
とすれば　それは一体だれか？　もしそれがこの私なら、
シーザーの最期という今この瞬間に優る時は
ないはずだ。また　この世のもっとも崇高な血潮に
塗られた君たちの剣に優る武器も　あるとは思われぬ。（三幕一場）

アントニーの開き直り　凶刃に主君をたおされたアントニーはここで踏ん張る。まず召使を送ってブルータスに恭順の意を伝え、それから頃合をみて修羅場に登場する。アントニーの第一の見せ場。命がけの際どい言論合戦の幕が開く。

O pardon me, thou bleeding piece of earth,
That I am meek and gentle with these butchers.
Thou art the ruins of the noblest man
That ever lived in the tide of times.
Woe to the hand that shed this costly blood!

おお　朱に染まり土くれと化したシーザー
おお　許してください　あの殺し屋どもの言いなりに
おめおめ従っているこの私を。あなたは　時代の流れに
浮き沈みしたあらゆる人間のうちで　もっとも高貴な魂。
それが今はこんなお姿に。この高価な血を流した
奴らの手よ　呪われてあれ！（三幕一場）

アントニー慟哭す　アントニーは一味全員に友情を誓い、せめて演壇でシーザー追悼の言葉を述べさせてほしいと申し出る。ブルータスはこれをあっさり認める。一方、キャシアスはこれに小声で警告を発する。ふたたび現実家と理想主義者の食い違い。この時点でブルータスの頭にあるのは、まずクーデターの布告と大義名分の徹底による民心の収攬である。さしあたりは追悼の手順でアントニーに釘を刺すだけで、遺骸の保全をアントニーにまかせる。一人残されたアントニーはシーザーの遺骸を前に慟哭して復讐を誓う。現実と状況判断から出発するキャシアス。理性と理想に価値の基準を求めるブルータス。そのいずれとも異なるタイプの男の出現

に、観客（読者）はまず目を見張る。

Not that I loved Caesar less, but that I loved Rome more. Had you rather Caesar were living, and die all slaves, than that Caesar were dead, to live all free men?

私はシーザーを愛さなかったのではない。ローマをもっと愛したのだ。シーザー一人生き、あとはことごとく奴隷として死ぬ。これが一つの選択だ。もう一つは、シーザーが死に、あとのすべては自由な民として生きる。いずれを選ぶかだ。（三幕二場）

シーザーを愛さなかったのではない　広場にブルータスとキャシアスが登場し、つめかけた市民に手分けして事の大義名分を説く。アントニーの韻文による激越な独白に対し、理性の人ブルータスは市民にもその理性に呼びかける。韻文（詩）と散文の力比べは、マクベスとマクベス夫人のケースでも典型的に繰り返される。ブルータスはこの呼びかけは成功、市民の支持間違いなしの感触を得る。散りかける市民をブルータスは呼びとめ、アントニーの話も聞くよう求める。「シーザーを愛さなかったのではない。ローマをもっと愛したのだ」はつとに有名。

Friends, Romans, countrymen, lend me your ears;
I come to bury Caesar, not to praise him.
The evil that men do lives after them,
The good is oft interred with their bones;
So let it be with Caesar. The noble Brutus
Hath told you Caesar was ambitious.
If it were so, it was a grievous fault,
And grievously hath Caesar answer'd it.
Here, under leave of Brutus and the rest,
(For Brutus is an honourable man,
So are they all, all honourable men)
Come I to speak in Caesar's funeral.

友よ、ローマ市民の皆さま、同胞の方々、お耳を貸していただきたい。
私はシーザーを葬るためにここへ来た。称えるためではない。
人間が犯す悪事はその死後まで残り、
善行はしばしばその骨とともに地中に埋もれる。
シーザーにもそうあらしめよう。高潔の士ブルータスは、
シーザーが野心に身をまかせたと皆さまに告げた。
そうとすれば、それは悲しむべき誤りだ。そうして、
シーザーは悲しくもその報いを受けた。ここに私は、
ブルータスほかの方々のお許しを得て、そうです、
ブルータスは公明正大の士、ほかの方々も公明正大の士、
だから私は今こうしてシーザーの弔辞を述べる
機会を与えられのです。(三幕二場)

アントニーの弔辞　ハムレットの To be or not to be で始まる独白と並びもっとも世に知られた

シェイクスピア創造の名科白。ここに示したのはその皮切りの部分。往時、わが国で政治を志す野心家は、民心収攬を目的に競ってこのアントニーの弁舌に学んだと伝えられる。ブルータスは、アントニーに発言を促すと、足早にこの場を去っている。まず「お耳を貸していただきたい」と低姿勢で切り出したアントニーは、「ブルータスは公明正大の士」を三度繰り返しながら、市民を次第に自らの論点に誘導する。ブルータスを立てながらの痛烈な逆襲。ブルータスが市民の理性に呼びかけたのに対し、アントニーはその情緒・感覚に訴える。弁論の力技である。

If you have tears, prepare to shed them now.
You all do know this mantle. I remember
The first time ever Caesar put it on;
'Twas on a summer's evening in his tent,
That day he overcame the Nervii.
Look, in this place ran Cassius' dagger through:
See what a rent the envious Casca made:

Through this the well-beloved Brutus stabb'd;

諸君　涙があるなら　今こそ　その涙を流してほしい。
みな　このマントルを知っているはずだ。私も思い出す、
シーザーが初めてこれを身に着けた日のことを。
夏の夕暮　戦場の天幕の中だった。あの日、
シーザーはネルヴィィ族を決定的に打ち破られた。
見ろ　ここを。キャシアスの刃が刺し貫いた跡だ。
見るがいい。冷酷なキャスカの凶刃の名残を。
これはシーザーの寵児ブルータスの刃が貫いた穴だ。（三幕二場）

落涙　シーザーの遺骸がまとっているマントルに残された暗殺一味の凶刃の跡。これほど感覚的な訴求がほかにあるだろうか。市民の中に起きたさざ波は次第にうねりの度を増す。それを確かめつつ、アントニーは次の状況へ群衆を誘う。キャシアスによるブルータスの口説きから始まった「政治スリラー劇」は、ここにおいてそのクライマックスを迎える。群衆は爆発しつ

いに暴徒と化す。

Now let it work. Mischief, thou art afoot,
Take thou what course thou wilt!

さあ、あとは成り行きだ。禍の神め、やっと腰を上げてくれたな。
あとはどこへなりと行きたいところへ行くがいい。（三幕二場）

禍の神　群衆が暴徒と化したことを見届けると、アントニーはにんまりこう呟く。暗殺一味はローマから逃亡し、アントニー、アウグストゥス（シーザーの養子、後のローマ初代皇帝）、レピドゥスによる第二次三頭政治の新時代が幕を開ける。失脚逃亡した暗殺一味は地方に逃れ、ブルータスとキャシアスはそれぞれ軍をあげ捲土重来を期すが、最後にはフィリッピの野でアントニーとアウグストゥスの連合軍に惨敗の悲運をたどる。ブルータスは従者に剣を持たせ、それに身を投げ自刃する。アントニーのその後について、シェイクスピアは想を新たに『アントニーとクレオパトラ』を書き、このエジプト女王との恋の道行きを存分に描いている。

尼寺へ行け
なぜ罪深き子の母親になりたがる

『ハムレット』より

O that this too too sullied flesh would melt,
Thaw and resolve itself into a dew,
Or that the Everlasting had not fix'd
His canon 'gainst self-slaughter. O God! O God!

ああ、この忌まわしくも汚れた肉体が
崩れ溶けて露と消えればよいものを!
せめて自殺を罪として禁じたもう

神の掟さえなければ、ああ、どうすればいいのだ！（一幕二場）

この肉体が崩れ溶けて露と消えればよいものを！　クローディアス王統治の中世デンマーク王国は問題が山積している。外では、一ヶ月ほど前に亡くなった先王ハムレット（王子ハムレットの父親）との戦いに敗れたノルウェー王国が失地回復を旗印に侵入の気配を見せている。一方、国内では急死した先王の跡を弟クローディアスが継ぎ、先王の妃ガートルードと華燭の典をあげ、国王に即位したばかり。この式に出席した中でハムレットだけが場違いの黒の喪服を着用し異彩を放っていた。これを見咎めた王と王妃が退場すると、ハムレットはこの第一独白で状況の推移と自らの情念の所在を観客（読者）に告げる。母が叔父と再婚した。不愉快千万。この状況が打開できるか？　その手立ては？　自らの出処進退は？

Frailty, thy name is woman.

当てにならぬもの、お前の名は女だ！（一幕二場）

当てにならぬもの、お前の名は女　第一独白の後段。父親が他界してわずか一ヶ月後に母親が亡夫の弟に嫁いだ。こんなに慌しく、しかも、叔父の現王は人格者の先王とは似ても似つかぬ人物。こんなことがあっていいのか？　わが国では「弱きものよ、汝の名は女なり」で広く知られた名科白。しかし、母親の再婚を「弱さ」と一方的に断ずることができるだろうか。このケースではむしろ「強さ」かもしれない。したがって訳ではこのニュアンスを加味したつもりである。福田恆存訳は「たわいのない」と含蓄深い。

Neither a borrower nor a lender be,
For loan oft loses both itself and friend,
And borrowing dulls the edge of husbandry.

金は借りるな、貸すのもやめておけ。
貸せば金はもとより友まで失うことになり、
借りれば倹約する心がにぶる。（一幕三場）

父親の訓戒　留学先フランスへ戻る息子レアティーズへ内大臣の父親ポローニアスが与える訓戒の一部。ほかに「まず思ったことを口に出すな。とっぴな考えを軽々しく行動に移すな。人に親しむはよし。だが、べたべたするな」「馬子にも衣装」なども目を引く。土地柄と時代を超えて通用する男子の徳目。作者の処世観の一端がうかがえて大いにためになる。

There are more things in heaven and earth, Horatio,
Than are dreamt of in your philosophy.

天地のあわいにはな、ホレーシオ、世の哲学などの
思いも及ばぬことが数多あるのだ。（一幕五場）

世の哲学　即位式の直後、ハムレットは親友ホレーシオから「先王の亡霊が最近このエルシノアの城壁に出没」と耳打ちされる。深夜、一人でこれを確かめに来たハムレットに父親の亡霊はこう告げる。「ある日、自分は庭で午睡を楽しんでいた。そこに弟でお前の叔父のクローディアスが忍びこみ、わが耳に毒液をたらしこんだ。そのため、わが命も王位も王妃もことごとく

奪い取られた。復讐するのだ」。森羅万象には人間の科学・知見の及ばぬことが数多ある。これはシェイクスピアの時代も今日もそれほど隔たりはない。この科白について、往時わが国ではyour philosophy が「ホレーシオの哲学」としばしば訳されていた。しかし、これではホレーシオを侮ったことになる。ホレーシオは、当時としては希少な大学出知識人の設定。この場合のyour は「世間一般の、いわゆる」の意。your のこの種の用法はシェイクスピアの時代ごく普通だった。

My liege and madam, to expostulate
What majesty should be, what duty is,
Why day is day, night night, and time is time,
Were nothing but to waste night, day, and time.
Therefore, since brevity is the soul of wit,
And tediousness the limbs and outward flourishes,
I will be brief. Your noble son is mad.

陛下、ならびにお妃さま。申し上げます。
そも国王の主権とは、はたまた臣下の務めとは、いかにあるべきか、
何ゆえに昼は昼、夜は夜、時は時なるかを論ずることは、
夜を、昼を、また時をいたずらに浪費することにほかなりませぬ。
したがいまして、簡潔こそ話術の魂、
冗漫はその手足、飾りにすぎませぬゆえ、
手っ取り早く申し上げますが、王子ハムレット様は狂っておられます。（二幕二場）

簡潔こそ話術の魂　ポローニアスの科白。この内大臣の桁外れの饒舌ぶりはこのドラマのコミカルな点景の一つ。自分の冗漫を棚に上げてのご高説が笑わせる。ハムレットにはこのところ奇矯な言動が目立つ。危険を察知しての保身術（『リア王』にも類似の筋立てがある）である。

Pol.　Do you know me, my lord?
Ham.　Excellent well. You are a fishmonger.
Pol.　Not I, my lord.

ポローニアス　この私をご存知で？
ハムレット　ご存知もいいところ、魚屋の亭主だ。
ポローニアス　なにをおっしゃいます、殿下。（二幕二場）

魚屋の亭主　ハムレットの狂気を確かめたいポローニアスと、これに乗じこの内大臣を悪ふざけでからかう王子ハムレットのきわどいやりとり。当時 **fishmonger** は女郎屋の隠語でもあったという。とすればポローニアスの仰天もうなずける。

What piece of work is a man, how noble in reason, how infinite in faculties. in form and moving how express and admirable, in action how like an angel, in apprehension how like a god: the beauty of the world, the paragon of animals.

人間、この自然の傑作、智においては崇高、五体の能力においては無限、形と動きにおいては明快で率直、その行動は天使のごとく、その理解力は神のごとく、この世の美そのもの、あらゆる生物の模範。（二幕二場）

人間、この自然の傑作　国王が話し相手（実は監視役）として用意した廷臣ローゼンクランツとギルデンスターンに述べるハムレットの科白。いかにもルネサンス的人間賛歌だが、「その人間も今の私にとってはただの塵芥にすぎない」と皮肉な厭味が続く。

To be, or not to be, that is the question:
Whether 'tis nobler in the mind to suffer
The slings and arrows of outrageous fortune,
Or to take arms against a sea of troubles
And by opposing end them.

事態を放置するか、あるいはこれに断固介入するか、それが問題だ。
どちらが気高い生き方か、このまま心のうちに、

暴虐な運命が射かける石と矢をじっと耐えることか、
それとも、海のように押し寄せる苦難に武器をとって立ち向かい、
敢然と戦ってこれに終止符を打つことか。（三幕一場）

　　　　　　　　To die — to sleep,
No more; and by a sleep to say we end
The heart-ache and the thousand natural shocks
That flesh is heir to: 'tis a consummation
Devoutly to be wish'd.

死ぬ、眠る。
それだけだ。眠ることによって、心の悩みにも、
肉体が受け継いできた数多くの苦しみにも
終止符がうてる。とすれば、それこそ
願ってもない終わりではないか。（同、続き）

To die, to sleep;
To sleep, perchance to dream — ay, there's the rub:
For in that sleep of death what dreams may come,
When we have shuffled off this mortal coil,
Must give us pause — there's the respect
That makes calamity of so long life.

死ぬ、眠る。
眠ればおそらく夢を見る。そこに障りがある。
この世のわずらわしさをなんとか振り払い
永の眠りについた時、どんな夢が現われるのか。
それがわれわれを躊躇わせる。
それがこの苦しい人生をかくも長引かせるのだ。（同、続き）

Thus conscience does make cowards of us all,
And thus the native hue of resolution
Is sicklied o'er with the pale cast of thought,
And enterprises of great pitch and moment
With this regard their currents turn awry
And lose the name of action.

こうして考える心がわれわれすべてを臆病にし、
決意のそもそもの血の色は
分別のくすんだ漆喰に塗りつぶされる。
そうして思い切った大事業も
そのためにいつしか流れの道筋を失い
行動の名から外れるのだ。(同、結び)

決断せよ　ハムレット　冒頭行は「生か死か、それが問題」の文脈で知られる世界文学史上もっとも有名な一行。これから、右か左か決断に迷うことを「ハムレットの心境」という俗用が生じる。ただし、現実のハムレットはそれほど優柔不断ではない。この科白についてわが国では明治以降さまざまな訳が試みられている。以下、参考までにその一部を示しておきたい。坪内逍遙「存《ながら》ふる？　在へぬ？　それが疑問じゃ」。福田恆存「生か死か、それが疑問だ」。小津次郎「やる、やらぬ、それが問題だ」。小田島雄志「このままでいいのか、いけないのか、それが問題だ」。筆者訳は小田島訳をさらに具体化したもの。筆者が用いているアーデン版テキストの注釈には「To be は to have being, to exist のこと」とある。「存在する」とあっさりしたものだ。ほかにもこの独白には名句が綺羅星のようにちりばめられている。

Get thee to a nunnery. Why wouldst thou be a breeder of sinners?

尼寺へ行け、なぜ罪深き子の母親になりたがる？（三幕一場）

尼寺へ行け　物思いにふけるハムレットの近くを恋人で内大臣ポローニアスの娘オフィーリアが通りかかる。狂気をよそおうハムレットは彼女にこの科白を投げつける。自分との結婚を心ならずも拒絶する言葉である。当時、「尼寺」には「女郎屋」のニュアンスが隠されていた。驚愕し悲観する彼女。これを契機に、オフィーリアは次第に心のバランスを失い始める。

Let me be cruel, not unnatural.
I will speak daggers to her, but use none.

きびしく言う、だが、親子の自然の情愛を忘れてはならん。
言葉の匕首を突きつける。だが、匕首を用いてはならん。(三幕二場)

言葉の匕首　ハムレットの復讐の相手は王のみ、王妃ではない。その母親に会いに行くハムレットが自らに言い聞かせる科白。母親は次の場面で息子ハムレットから言葉の匕首の雨を浴びる。**speak daggers** の簡潔さはシェイクスピアの独壇場。他の追随を許さない。

But 'tis not so above:
There is no shuffling, there the action lies

In his true nature, and we ourselves compell'd
Even to the teeth and forehead of our faults
To give in evidence.

だが、天にあってはそうはいかぬ。
ごまかしは効かぬ。犯した行為はそのままの姿であらわれ、
否も応もなしにいちいち証拠をもとに
泥を吐かされる。（三幕三場）

王の懺悔　クローディアス王がこのドラマで見せるほとんど唯一のしおらしい場面。王は一人になると「人類最初の罪、兄弟殺しを犯したこの身……」と自らの犯行を観客に告げ、「天ではごまかしは効かぬ」と神に懺悔する。

Up, sword, and know thou a more horrid hent:
When he is drunk asleep, or in his rage,

Or in th'incestuous pleasure of his bed,
At game a-swearing, or about some act
That has no relish of salvation in't.
Then trip him, that his soul may be as damn'd and black
As hell, whereto it goes.

剣よ、鞘に入り、じっと次なる時を待て。
やつが飲んだくれ眠りほうけている時、怒り狂っている時、
あるいは邪淫のベッドで快楽をむさぼる時、
賭博にわれを忘れ罵りわめいている時、いや、なんでもいい、
なにか救いのない悪業に耽っている時、
やつを斬り捨てる。やつの踵が天を蹴り、魂は地獄へとまっさかさま、
たちまち地獄のどす黒さに染まるがいい。（三幕三場）

剣よ、じっと時を待て　ハムレットは、懺悔に一人ひざまずく王の後ろ姿を目にする。今がチャ

ンス。だが、祈りに魂の汚れを清めているやつを殺しても……」と思いとどまる。

Queen. Have you forgot me?
Ham. No, by the rood, not so.
You are the queen, your husband's brother's wife.
And, would it were not so, you are my mother.

王妃　この私を忘れたのですか？
ハムレット　いや、いや、とんでもない。
あなたは王妃、ご自分の夫の弟の妻、
その上、遺憾ながら私の母親。（三幕四場）

遺憾ながら私の母親　王妃の居間。約束どおりハムレットが入ってくる。その直前、内大臣ポローニアスは二人のやり取りを盗み聞きするため、壁掛けの背後に隠れる。「遺憾ながら私の母親」は痛烈な当てこすり。先述の「言葉の匕首」である。異様な雰囲気に王妃が助けを求めると、ポローニアスはうっかり物音をたてる。これにハムレットは「ネズミか、死ね！」と剣を突き立てる。饒舌なポローニアスのあっけない最期である。

Not where he eats, but where a is eaten. A certain convocation of politic worms are e'en at him. Your worm is your only emperor for diet: We fat all creatures else to fat us, and we fat ourselves for maggots. Your fat king and your lean begger is but variable service — two dishes, but to one table. That's the end.

と言っても、食っているのではなく、食われているところですがね。政治屋の蛆虫どもがわんさ集まりやつを食い物にしています。なにしろ蛆虫というやつ、食うことにかけては王様だ。人間は自分を太らせるため、ほかの動物すべてを太らせる。そして自分を太らせるのは蛆虫のため。太った王様も痩せた乞食も、献立の違う二つの料理だが、食い手は一つだ。これですべてお仕舞いということです。（四幕三場）

蛆虫の食事　一行目aはheを意味するこの時代の下層階級の言い方で、このケースでは意図的な用語選択。王妃の報告でハムレットの狂気によるポローニアスの惨死を知った国王は、死体の隠し場所をハムレットに問いただす。ハムレット「晩飯の最中です」、国王「晩飯？　どこでだ？」」。これに対するハムレットの狂気をよそおった珍妙な返事。王への辛辣な当てこすり。

Good night, ladies, good night. Sweet ladies, good night, good night.

おやすみなさい、ご婦人がた、おやすみなさい。お優しい皆様、さようなら、さようなら。

（四幕五場）

発狂　愛する王子ハムレットにすげなくされ、あろうことかその手で父親ポローニアスまで落命したオフィーリアはついに心のバランスを失う。王と王妃がこれをそれとなく確かめる場面でのオフィーリアの発語。二十世紀英国の代表的詩人T・S・エリオットは出世作『荒地』でこのフレーズをそっくり借用している。ただし、パブの亭主の科白で、店を出る客への愛想満面のご挨拶。『荒地』には発狂した妻への鎮魂歌としての側面も否定し難い。『ハムレット』もある意味では全篇狂気への「魂鎮め」であった。

When sorrows come, they come not single spies,
But in battalions.

悲しみが来るときは、単騎ではやってこない。
かならず軍団で押し寄せる。（四幕五場）

悲しみが来るときは　オフィーリア狂乱の様子を目にしたクローディアス王は落ち込む。オフィーリア発狂、ポローニアスの横死、ハムレットの乱行、オフィーリアの兄でポローニアスの息子レアティーズの不審な言動など、国王夫妻には悲しみの種がつきない。それを嘆く国王の科白。軍隊用語が生々しく響く。spies は斥候、battalions は軍団。

O heat, dry up my brains. Tears seven times salt

Burn out the sense and virtue of mine eye.
By heaven, thy madness shall be paid with weight
Till our scale turn the beam. O rose of May!
Dear maid — kind sister — sweet Ophelia —

ああ、なんということだ！　この脳髄も熱で干上がってしまえ！
塩辛い涙でわが眼の感覚も力も焼け爛れてしまえ！
天に誓ってお前の狂気の恨みは晴らしてくれる。
おお、五月の薔薇、可愛い乙女、やさしい妹、麗しのオフィーリア！（四幕五場）

恨みは晴らしてくれる　留学先フランスから戻ったレアティーズは、父親の死に疑問を抱き、ある日、暴徒の群れの先頭に立って宮廷に乱入し、王を詰問する。王は言葉巧みにこれをなだめ、味方に引き入れる。そこに狂った妹オフィーリアが登場する。これを見た兄レアティーズは悲憤し、直ちにハムレット王子への復讐を決意する。

Ham.　Ay, marry. Why was he sent into England?
Grave.　Why, because a was mad. A shall recover his wits there. Or if a do not, 'tis no great matter there.
Ham.　Why?
Grave.　'Twill not be seen in him there. There the men are as mad as he.

ハムレット　なるほど、で、どうしてハムレット様はイギリスに出されたんだ？
墓掘り　どうして？　気が違ったからよ。でも、心配はねえ、いずれ正気に戻る。戻らなくたって、どうってことねえ。
ハムレット　ほう、どうして？
墓掘り　あそこじゃ気が違っていても目立たねえ。なにしろ、気が違った連中ばっかりだ。（五幕一場）

今ではありきたりのジョーク　墓掘りの科白の中のa, Aは、例によってheを意味する俗語表現。

ホレーシオを伴ったハムレットは墓場で墓掘りとウィットに富む会話を交わしている。墓掘りの最後の科白は笑いを誘うが、今ではありきたりのジョークの一つ。そこに溺死したオフィーリアの遺骸が兄レアティーズ、国王、王妃、神父たちに伴われ通りかかる。埋葬が行われるらしい。物陰で見ていたハムレットは、それがオフィーリアと分かるととび出してレアティーズとはげしく争う。王はこれを分け、例の術策（ハムレットとレアティーズの御前試合で、剣の先に猛毒を塗り、さらに毒杯も用意する）の実行をレアティーズに約束する。

Not a whit. We defy augury. There is special providence in the fall of a sparrow. If it be now, 'tis not to come; if it be not to come, it will be now; if it be not now, yet it will come. The readiness is all. Since no man, of aught he leaves, knows aught, what is't to leave betimes? Let be.

その必要はない。前兆など気にしてどうなる。雀一羽落ちるのも神の摂理。もし今ならば、あとには来ない。今でなくとも、いつかは来る。あとで来ないならば、今来るだろう。肝腎なのは覚悟だ。人間、捨てるべき命について何が分かっている？　それを少し早く捨てたとして、どうというのだ。（五幕二場）

雀一羽落ちるのも神の摂理　城に戻ったハムレットに廷臣オズリックが伺候し、御前試合の段取りを告げる。ハムレットは「この胸のあたりが妙だ」と洩らす。「では、試合はおよしになったほうが……」と勧めるホレーシオに「その必要はない」と告げる。結びのLet beと第三独白のTo be or not to beの対比が味わい深い。

It is here, Hamlet. Hamlet, thou art slain.
No medicine in the world can do thee good;
In thee there is not half an hour's life.
The treacherous instrument is in thy hand,
Unbated and envenom'd. The foul practice
Hath turn'd itself on me. Lo, here I lie,
Never to rise again. Thy mother's poison'd.
I can no more. The King — the King's to blame.

犯人はこのなかにおります、ハムレット様。あなたもおしまいだ。もうどんな薬も役に立たない。あと半時間のお命です。謀反の道具はそのお手に、先のとがった、毒を塗った剣。卑劣な企みがこのわが身にも。もうこのとおり、二度と立つことはできません。お母上は毒殺、もうものが言えない。罪は王に、王こそ……。（五幕二場）

犯人はこのなかに　御前試合の途中で王妃が毒の入った杯をうっかり飲む。レアティーズはハムレットに傷を負わせる。二人は組討になり剣が入れ替わる。その剣でハムレットはレアティーズに切りつける。王妃は「あのお酒に毒が」と叫びつつ息絶える。ハムレットは陰謀を声高に告げる。レアティーズは覚悟を決め、すべてをこうぶちまける。ハムレットはその剣で国王を刺す。やがて王もレアティーズも倒れ息絶える。

The rest is silence.

もう、なにも言わぬ。（五幕二場）

沈黙　毒杯でともに死のうとするホレーシオを制し、ハムレットは自分の物語も含め、後事をすべてこの親友に託し息絶える。主要登場人物のほとんどが非業の死を遂げた舞台では、フォーティンブラス率いるノルウェー軍の弔砲が最後に轟く。

ロミオ　ロミオ
どうしてあなたはロミオなの

『ロミオとジュリエット』より

Tut man, one fire burns out another's burning,
One pain is lessen'd by another's anguish;
Turn giddy, and be holp by backward turning.
One desperate grief cures with another's languish;
Take thou some new infection to thy eye
And the rank poison of the old will die.

いいか、君、火を消すのは別の火だ。

苦痛を和らげるのも別の苦痛だ。
ぐるぐる回りで目が回れば、逆に回ってみることだ。
狂おしい悲しみには別の悲しみをもってくることだ。
君のその目になにか新しい病毒をあてがえば、
昔ながらの毒はきれいさっぱり消え去るさ。（一幕二場）

恋の治療　舞台は中世イタリアの都市ヴェローナ。この地の有力者モンターギュ家とキャピュレット家は代々犬猿の仲にある。季節は盛夏の七月、両家の従僕たちの街頭での小競り合いで幕が開く。騒動は剣による切り合いにまで進むが、そこにヴェローナの大公が駆けつけ、両者をきびしく叱責し、事態はなんとか収拾される。一方、モンターギュ家の一人息子ロミオは、キャピュレット一族のロザラインという女性にひそかに思いを寄せ、最近顔色も冴えない。このロミオを友人ベンヴーリオが元気づける科白である。整然たる脚韻に注目されたい。ソネットなら第三、四連に相当する。作者三十代前半の作で、この頃、ソネットにも精力的に傾注していた。このドラマに終始横溢する「生と愛と死」の詩情は、この六行にも色濃く反映されている。

Tut, you saw her fair, none else being by:
Herself pois'd with herself in either eye.
But in that crystal scales let there be weigh'd
Your lady's love against some other maid
That I will show you shining at this feast,
And she shall scant show well that now seems best.

あの女性を君が美人と見たのは、そばに美人がいなかったせいだ。
左右の目が同じあの人を見たので釣り合っただけのこと。
しかし、その左右の水晶の秤皿に、君の恋人と、
今日の夜会でおれが教えてやる輝くばかりの
もう一人の美女をそれぞれおいてみるといい。
君に最高と見えた人もそれほどではないと悟ることだろうよ。（一幕二場）

目の秤皿　この六行も再び整然と脚韻を踏んでいる。今日女性美の形容詞はpretty, lovely, beautifulなどが一般的だが、当時はこのfairが支配的。さて、前段に登場の二人は、今夜キャピュレット邸で開かれる仮面舞踏会のことを知る。ロザラインもこれに出席のはず。二人はむろん招待されていないが、「仮面」をよいことにこれに忍びこむことにする。「左右の目の秤皿にそれぞれ美女を置いて比べる」は見事なウィット。

O, she doth teach the torches to burn bright.
It seems she hangs upon the cheek of night
As a rich jewel in an Ethiop's ear —
Beauty too rich for use, for earth too dear.

ああ、あの人は松明に美しい輝き方を教えているかのようだ。
夜の頬にかがやくあの姿は、エチオピア娘の耳に
垂れさがる豪華な宝石さながらだ。
日々用いるには貴重すぎ、この世には高価すぎる。（一幕五場）

エチオピア娘の耳に垂れさがる豪華な宝石　ここで言葉のアート（技芸）について一言しておきたい。一行目の teach と torches, burn と bright はそれぞれ頭韻を、bright と night, ear と dear はそれぞれ脚韻を構成している。いずれも英詩の伝統的な約束事で、この約束事を含む語の連なりを verse（韻文、詩）、それ以外を prose（散文）という。このケースでは一行目の二組の頭韻が実に見事で耳に快い。チョーサー以降、英詩の一流の書き手はいずれも頭韻、脚韻の名手だが、なかでもシェイクスピアの腕達者ぶりには頭一つ抜け出た感がある。ただし、残念ながら、訳でこの技芸を再現することは至難に近い。さて、仮面で夜会にまぎれこんだロミオは、この豪華絢爛の科白のあと、自らは pilgrim「巡礼者」を名乗り、相手には saint「聖者様」と呼びかけ、まだ誰とは知らぬこの美少女と言葉をかわす。

My only love sprung from my only hate.
Too early seen unknown, and known too late.
Prodigious birth of love it is to me
That I must love a loathed ememy.

私のただ一つの愛がただ一つの憎しみから生まれたとは！
知らずにお会いしたのは早すぎ、知ったときは遅すぎたのだわ。
生まれたときからこの恋は不吉な運命のよう、
憎い敵の一人を愛さねばならないとは。（一幕五場）

この恋は不吉な運命のよう　一方、ジュリエットも自分に話しかけてきたこの若者に強く惹かれる。舞踏会の進行の過程で二人はそれぞれ相手の身元を知る。ロミオは「おお高価な勘定書、わが命は敵の借財」と、ジュリエットは「もし結婚なさっていれば、私の墓が私の新床になるかも」と口走り、少女のほうはすでに不吉な切ない運命を予感している。

But soft, what light through yonder window breaks?
It is the east and Juliet is the sun!
Arise fair sun and kill the envious moon
Who is already sick and pale with grief

That thou her maid art far more fair than she.
だが、待て、あの窓からさしそめる光はなに？
むこうは東、とすればジュリエットは太陽。
昇れ、美しい太陽、ねたみ深い月の光を消してしまえ、
自分に仕える乙女であるあの人のほうが美しいと
悲しみ嘆き、病み青ざめている月の光を消してしまうのだ。（二幕二場）

ジュリエットは太陽　舞踏会のあと、ジュリエットを忘れられないロミオは、一人でキャピュレット邸の庭園に身をひそめる。そうとは知らぬジュリエットもバルコニーに出て溜息をつく。そのジュリエットをひそかに眺めてロミオは「あの窓から……」と独白する。夏の夜空に星々をちりばめ、浪漫の情緒あふれる名場面である。

See how she leans her cheek upon her hand.
O that I were a glove upon that hand,

That I might touch that cheek.

おや、あの人が頬を手にもたせかけている。
あの手袋になりたい。そうすれば
あの頬をこの手でさわることができる。（二幕二場）

あの人の手袋になりたい　前段からつづく独白の結びの部分。この時点でジュリエットは十四歳、ロミオはその少し年上。いかに中世とはいえ、まだ青い蕾の恋。その感覚を余すところなく伝える飛び切りの名句である。

O Romeo, Romeo, wherefore art thou Romeo?
Deny thy father and refuse thy name.
Or if thou wilt not, be but sworn my love
And I'll no longer be a Capulet.

おお、ロミオ、ロミオ！　どうしてあなたはロミオなの？
お父上と縁を切り、ロミオという名をお捨てになって。
もしそれがだめなら、私を愛すると誓ってください。
そうすれば私はキャピュレットの名を捨てます。（二幕二場）

どうしてあなたはロミオなの　初行はTVのコマーシャルに使われるほど有名中の有名。それにしては原文の一見いかめしい「候文」風に戸惑う読者も多いことだろう。英語はシェイクスピアをもって（若干の残滓は残しながらも）中世のそれから現代英語に切り替わる。シェイクスピアは、欽定訳英語聖書とともに、その栄誉を担っている。この詩人劇作家の第一義的な重要さもここにある。さて、夏の夜の闇に向かってのジュリエットの大胆な告白だが、ロミオはこれを耳にして「もっと聞いていようか、今話しかけようか」などともじもじ傍白するのみ。

'Tis but thy name that is my enemy:
Thou art thyself, though not a Montague.
What's Montague? It is nor hand nor foot

Nor arm nor face nor any other part
Belonging to a man. O be some other name.
What's in a name? That which we call a rose
By any other word would smell as sweet.

私の敵といっても、それはあなたのお名前だけ。
モンタギューでなくても、あなたはあなた。
モンタギューって何？　手でも足でもない。
腕でも顔でもない、人間の体の
どの部分でもない。だから別のお名前になってほしい。
名前って何？　日頃バラと呼んでいる花を
別の名前にしてもいい香りはそのままだわ。（二幕二場）

名前って何？　自分はキャピュレット家の娘、あの人はモンタギュー家の跡取り息子。この世では絶対に結ばれない宿命。それに対する少女らしい率直な疑問と抗議である。

With love's light wings did I o'erperch these walls,
For stony limits cannot hold love out,
And what love can do, that dares love attempt:
Therefore thy kinsmen are no stop to me.

恋の軽い翼でこの塀を飛び越えました。
石垣などでどうして恋を締め出せるでしょうか。
恋がなしうることなら、恋はどんな冒険だって厭いません。
この家の人たちがどうしてぼくを妨げられましょう。（二幕二場）

恋の軽い翼　夜空の星々に語りかけるジュリエットの思いを知って、ロミオは名乗り出る。バルコニーの上と下とで二人の初々しい一途の思いが交わされる。おそらく世界文学史上もっとも甘美な愛の言葉の交歓はさらに続く。もうこの恋をとどめるものはなにもない。

Romeo　I would I were thy bird.

Juliet　　Sweet, so would I:

Yet I should kill thee with much cherishing.

ロミオ　君の小鳥になりたい。

ジュリエット　あたしもそうしてあげたい。

けれども、可愛がりすぎて殺してしまうかもよ。（二幕二場）

君の小鳥になりたい　二人は結婚の約束を固く交わす。そのうちに朝が白み始める。ロミオはもう帰らなければならない。しかし、ひと時も別れたくない。ここで二人が交わす科白。もうほとんど睦語に近い。前出の「手袋」同様、「可愛がりすぎて……」も飛び切りの名句。

Come night, come Romeo, come thou day in night,
For thou wilt lie upon the wings of night
Whiter than new snow upon a raven's back.

Come gentle night, come loving black-brow'd night,
Give me my Romeo; and when I shall die
Take him and cut him out in little stars,
And he will make the face of heaven so fine
That all the world will be in love with night,
And pay no worship to the garish sun.

来ておくれ夜、来ておくれロミオ、あなたは夜の中の昼。
夜の翼にまたがるあなたのお姿は、
鴉の背にふり積もる雪よりも白い。
来ておくれ、やさしい夜、黒い顔した愛の夜。
そうしてロミオを私におくれ。私が死んだら、
ロミオを連れ出し切り刻んで小さな星にするといい。
そうすればロミオは夜空を美しく飾り、
地上の人はみな夜を愛するようになり、

ぎらつく太陽を敬うことはやめるだろう。（三幕二場）

来ておくれ、黒い顔した愛の夜　二人はこの時点ですでにひそかに結婚式をあげている。知っているのは二人以外では神父とジュリエットの乳母だけ。この日の夜、ロミオはジュリエットの部屋に縄梯子で忍びこむ手筈。ところが、とんでもない事態が待ち構えている。両家の若い者グループが再び街頭で険悪な空気になる。結婚式を首尾よく終えたロミオがそこに通りかかり、喧嘩を止めようとする。彼にはその理由が生じている。しかし、親友が相手方の剣に斃されると、逆上したロミオはこの男を剣で刺殺し仇を討つ。この事件でロミオはヴェローナ大公から即刻追放を宣告される。一方、事件のことをまだ知らないジュリエットは家でロミオを待ちわびている。「来ておくれ夜、来ておくれロミオ」、命令形の come が地の底からの呪文のように繰り返される。花嫁が虚空に放つ情念の絶唱である。

Wilt thou be gone? It is not yet near day.
It was the nightingale and not the lark
That pierc'd the fearful hollow of thine ear.

Nightly she sings on yond pomegranate tree.
Believe me, my love, it was the nightingale.

もう、行ってしまうの？　まだ朝は来ていないわ。
あれはナイティンゲール、ヒバリではなくてよ、
あなたの怯えている耳に聞こえたのは。
向こうに見えるザクロの木に来ては毎晩鳴くの。
本当よ、ロミオ、あれはナイティンゲール。（三幕五場）

It was the lark, the herald of the morn,
No nightingale. Look, love, what envious streaks
Do lace the severing clouds in yonder east.
Night's candles are burnt out, and jocund day
Stands tiptoe on the misty mountain tops.
I must be gone and live, or stay and die.

あれはヒバリ、朝の前触れの使者、
ナイティンゲールではない。ごらん、あの東の空、
意地悪な光の縞が雲の裂け目を縁取っている。
夜の蝋燭は燃えつき、陽気な朝が
霧にかすむ山々の峰に爪先立っている。
ここを去って生きのびるか、ここにとどまって死ぬかだ。（同、続き）

愛のデュエット　翌朝、夜明け前の二人の別れのシーン。前段がジュリエットの、後段がロミオの科白。シェイクスピア劇の中でも指折りの名場面の一つ。別れをしぶる花嫁と、進退を迫られる花婿。いずれの言葉も自らの生死をかけた悲痛な美しさに満ちている。

Come, bitter conduct, come unsavoury guide,
Thou desperate pilot now at once run on
The dashing rocks thy seasick weary bark.

さあ来い、にがい先導者、不愉快な案内人。
命知らずの水先案内よ、波に疲れたこの舟を
今こそ岩に乗り上げ、こなごなに打ち砕くのだ。（五幕三場）

ロミオ自殺　キャピュレット家の廟所で幼妻の遺体（実は神父の計らいで仮死状態にあっただけ、やがて蘇生するはず）を見つけたロミオは絶望し、服毒して命果てる。「先導者」「案内人」「水先案内」はいずれも毒薬。「この舟」は自分の肉体。劇的効果を高めるため、イメージはすべて「海」で統一されている。

O churl. Drunk all, and left no friendly drop
To help me after? I will kiss thy lips.
Haply some poison yet doth hang on them
To make me die with a restorative. [She kisses him.]
Thy lips are warm!

ああ、ひどい人、すっかり飲み干して、
あとを追う私に一滴も残さないなんて。その唇に口づけを。
そこにまだ毒が残っているかもしれない、それで死ねれば、
あの世でこの人とまた本当の命を。　　　　［口づけする］
あなたの唇、まだあたたかいわ。（五幕三場）

あなたの唇、まだあたたかいわ　そこへ神父がかけつけ、蘇生したジュリエットに脱出をすすめる。しかし、彼女はこれに応じず、ロミオの剣とその唇の毒で自らの命を絶つ。こうして中世西欧の名高い悲恋伝承は劇的な幕を閉じる。

シェイクスピア理解のために

関口篤

主要作品のヒント

『リチャード三世』 シェイクスピアの歴史劇には『ジョン王』、『リチャード二世』、『ヘンリー四世』、『ヘンリー五世』、『ヘンリー六世』、『リチャード三世』、『ヘンリー八世』の七篇がある。通算でおおよそ三百年のこの期間、イングランドはフランスとの百年戦争と内乱バラ戦争を中心とする中世の混迷のただ中で推移している。この諸王の中で比較的知名度が高いのは、大憲章（マグナカルタ）で知られるジョン王と、ローマ教会からの英国国教会の離脱／独立と絶対王政の確立により英国史に荒々しくも輝かしい足跡を残したヘンリー八世であろう。リチャード三世は、在位がわずか二年と短いせいもあるが、プラスイメージの見るべき治績はまったく残していない。わが国の外国人名事典（三省堂）には「ヨーク家の王。はじめグロスター公。一四八三年兄エドワード四世が死ぬと、子の同五世の摂政となり、ついで王を廃位して即位。リッチモンド伯（のちヘンリー七世）と争いボスワースの戦いで敗死」とあるだけだ。

この無名に近い王の物語が、一五九二年頃と推測される作者執筆の当初から人気をよび、その上演回数は四大悲劇に劣らないという。グロスター公はまさに「善」の対極にいる。目的完遂のために、女には見境なく言い寄りものにする。当時も今もキリスト教圏では絶対と思えるバイブルをせせら笑う。約束は平気で反故にする。邪魔立てする人間は容赦なく殺す。王として善政の気概抱負はいっさいなし。魔性丸出し。マキャベリ的悪の権化。性悪説で知られる古代中国の思想家荀子は「人は自分にないものに憧れる」と述べているが、シェイクスピア創造のリチャード三世の人気もその周辺から発するものと筆者は見る。本来なら歴史に埋没すべきグロスター公、もって瞑すべし。

『マクベス』

シェイクスピアの四大悲劇の一つで、原作は『マクベスの悲劇』と題されている。『ハムレット』――長大で時に別筋のプロットが冗漫に流れがち――に比べると、『マクベス』は緊密で集中力が持続し、ドラマとしては最高の仕上がりと古来世評が高い。うなずける成り行きである。十一世紀の史実に基づく物語だが、種本は作者と同時代（一五七七）に出たホリンシェッドの『年代記』。これに、スコットランド王ダンカン一世が一〇四〇年に武将マクベスによりコーダーで殺害されたとある。ただし、妻に唆されて主君殺害に走る別筋の話も作者はこの年代記から仕入れたらしい。

さて、物語の進行過程で、一部読者は妖怪変化が主筋で法外にでしゃばるプロットにつまずくかもしれない。幕開き、いきなりスコットランドの荒野に妖婆が出現し不気味な「先行きの見通し」を告げる。この予言が主筋となって主役たちのその後の行動に圧倒的に介入する。「そんなことあるはずがない」と現代の理性は反発したくなる。しかし、この劇の舞台上演に最初に接したのは四百年前のロンドン市民であり、物語の中身はそれからさらに六百年さかのぼるスコットランドの辺境である。むしろ妖婆・亡霊・悪霊が跳梁して当然の世界と理解しなければならない。この点、作者も『ハムレット』の「世の哲学」の項で「天と地のあわいには、……」と念を押している。さらにこれには「古い宗教」と「新しい宗教」の相克という問題もからむはずである。西暦四世紀以降、欧州各地でキリスト教が勢力範囲を広げるには、土着の古い宗教・信仰を排除駆逐する必要があった。古い善良なる神々は、牧神パンも、光明をもたらすルシファーも、サチュロスもヘカテも、すべて魔性のものとして否定され、悪霊／堕天使として唾棄された。『マクベス』に登場する妖婆は「ヘカテ」である。辞書には「天上と地下界を支配し魔術を司る女神」とある。ユダヤ教／キリスト教が魔術――邪教のまがごと――を公に是認するはずがない。しかし、古い宗教はどの地でも時空を越えて図太く生き残り今日に及んでいる。あの妖婆たちの「きれいは汚い、汚いはきれい」の謎々はこの意味の価値の逆転と筆者には映ずる。

『ソネット集』　一六〇九年刊のシェイクスピアの『ソネット集』にはそれぞれ独立した作品一五四篇が収録されている。本書ではそのうちから七篇を選んだ。一五九八年の同時代文献に「シェイクスピアの砂糖のように甘いソネット」という記述がある。これを信用するなら、作者はすでに三十台の初め頃からソネットを書き溜めていたことになる。

作品の内容は別として『ソネット集』の最大の注目点は、一人称単数のIがすべてシェイクスピアその人を指すことにある。そこでこの書からこの大詩人・劇作家の自伝的要素を探れるかもしれないと後世の目は躍起となる。故郷ストラットフォードとか、妻アン・ハザウェイとか、出身校／愛読書とか、交際仲間の文学者名とか、行きつけのパブの店名とか、なにか固有名詞が二つ三つ見つかれば、この文豪の人生をおおう霧はずいぶんと晴れるのだが……。しかし、この期待はすべて裏切られる。固有名詞はまさに皆無。そこまで自己韜晦する理由がなにかあったのだろうか。まったくの謎である。ここからシェイクスピアとは一体何者かの身元調べが生ずる。曰く、フランシス・ベーコン筆名説、クリストファー・マーロー代作説、エリザベス女帝お忍び執筆説等々、おそらく十指にあまる。いずれも万人の納得とはいかない。相変わらずウィリアム・シェイクスピア作とされる諸作品は厳然と残る。これのみが不易の真実である。

大上段で言うなら、ヤマト語の詩が柿本人麻呂から始まるように、イングランド語の詩はシェイクスピアから始まる。チョーサーを外していいのかと世の英文学通は反論するかもしれない。むろん外せない。しかし、十四世紀リチャード二世時代のチョーサーは単独峰だった。そこから二世紀を超える松明の大遠投をシェイクスピアが受け止め、この詩人から英詩の潤沢な水流がイングランドの大地を着実に灌漑し始める。『ソネット集』のなかの幾篇かは、数多の英詩の中でひときわ輝く星々である。ソネットの由来と詩形、「勧婚のソネット」の背景などについては旧著『海外詩文庫1シェイクスピア詩集』（思潮社）で詳述した。興味をもたれる向きは同書を参照されたい。

『ジュリアス・シーザー』　女帝エリザベス一世が王位にある時代、その直前の諸王を主人公に物語を編み出すことにはさまざまな制約がある。現王朝の正当性にもかかわるからだ。『ヘンリー五世』、『リチャード三世』を書き終え目を古代ローマの歴史に転じたシェイクスピアは、そこに文学者としていかなる制約からも自由な広やかな新天地を見出したに違いない。このドラマの出典は古代ローマの歴史家プルタルコス（四六頃～一二〇頃）の『英雄伝』である。筆者も戦前の小学生の頃、これ（多分、児童向けの翻案）を読んだ記憶があり懐かしい。

ドラマは、シーザー輩下の有力な高官たち、ブルータス、キャシアス、アントニーを中心に展開される。ブルータスは理想家肌で世の人望が高く、一部人士からは共和制の次代のホープにも擬せられている。キャシアスは典型的な現実派で、主君シーザーの帝位への野心に反感を抱いている。陽気で人好きのするアントニーはシーザーの寵臣で、弁に長けた直感派。享楽的な側面も目立つ。

まず、キャシアスによるブルータス抱き込みの動きからドラマの幕が上がる。ここで見どころはブルータスの理想に焦点をしぼったキャシアスの口説きの妙である。共和制の大義のためにはシーザーを亡き者にするほかない。ブルータスは同意する。「国家の大義のため」がすべてに優先される。これで人類史上最大の暗殺事件が事実上レールから発車する。ここでキャシアスは「ついでにアントニーも」と提議するが、ブルータスは「それではわれわれは屠殺者となる」とこれを退ける。これが暗殺一味の第一の読み違えとなる。第二の読み違えは、ブルータスがアントニーに追悼演説を許したこと。キャシアスはこれに懸念を表明するが、ブルータスにとっては当然の許可だ。しかも、たかをくくってブルータスはその場を外している。これに乗じてのアントニーの激越な追悼の辞で世の空気は一気に逆転する。シェイクスピア劇の最高の見せ場の一つでもある。

しかし、本編の末尾で示したアントニーの捨てぜりふ「さあ、あとは成り行きだ。禍の神め、やっと腰を上げてくれたな。あとはどこへなりと行きたいところへ行くがいい」で、私たち読者／観客は再逆転の気分をしたたかに押しつけられる。これから十年ほど後のアントニーの没落／自殺が、その人格面からすでに予告されているからだ。はるか後世の第三者をもまきこんだ実に見事なドラマ構成と言わなければなるまい。

『ハムレット』 俳優の演技あるいは俳優どうしの対話では表現できない状況の説明、登場人物の心の中の動き／流れ／その陰影を、劇作家はどのような手段で観客に伝えることができるだろうか？ 小説家ならそれを文章で表現できる。読者はそれを本で読める。しかし、舞台に対面している観客には本がない。そこから一人で科白を語る「独白」という手法が編み出される。独白は古くはギリシャ劇にその源をたどることができるらしい。シェイクスピアの時代のエリザベス朝演劇では、舞台の中央から観客席に突き出した張り出し舞台を使うのが普通だった。シェイクスピアは、この独白による舞台効果を最大限に駆使した劇作家でもあった。

たとえば、グロスター公時代のリチャード三世は、張り出し舞台の真ん中にどっかり座り、あの冒頭の「ヨーク家の輝かしい夏」と「悪党宣言」を堂々と言い放っただろう。一方、ハムレットはあの有名な第三の独白を、むしろ小声でぶつぶつ呟やいたに違いない。それは観客のみが見聞きできる内容で、他の俳優は知るはずのない約束事になっている。ただし、俳優の独白をほかの俳優が見聞きするという新工夫も作者は開発している。クローディアス王が「人類最初の罪、兄弟殺しを犯したこの身……」と自らの犯行を観客に告げる場面である。これを物陰から見ていたハムレットはその場での復讐を思いとどまる。

『ハムレット』の種本は一二〇〇年頃に出た中世デンマークの歴史家グラマティクス著の『デンマーク国民史』で、英訳本も十七世紀の初頭にはすでに出回っていた。これをシェイクスピアは、この独白をはじめとするさまざまな工夫で、単なる復讐劇を超えた英文学の最高傑作に仕上げている。『ハムレット』には人間への深い洞察に満ちた独白が随所にちりばめられ、名句の宝庫でもある。本編もこれを中心に構成した。

『ロミオとジュリエット』　その状況説明の独白は、人気の悲劇『ロミオとジュリエット』では、中世風に美々しく着飾ったコーラス団による幕開きのソネット唱和に置き換えられている。これも劇団オーナーの一人としてのシェイクスピアの新工夫か。弱強五歩格できちんと脚韻を踏み、起承転結で構成された——後にシェイクスピア式と呼ばれるにいたる——十四行の詩である。その第一連四行と小田島雄志による苦心の七五調訳を紹介しておきたい。

Two households both alike in dignity
(In fair Verona, where we lay our scene)
From ancient grudge break to new mutiny,
Where civil blood makes civil hands unclean.

花の都のヴェローナに、
勢威をきそう二名門、
古き恨みがいまもまた、
人々の手を血にぞ染む。

ソネットは、ヴェローナに近いフィレンツェで、十四世紀の人ペトラルカのペンから呱々の声をあげる。このルネサンス先駆者のソネット集『ラウラ讃歌』からは後輩画家ボッティチェリの著名な『プリマヴェラ（春）』や『ヴィーナス誕生』が直ちに連想される。あの初々しくも輝かしい人間讃歌。ソネットと歴史劇の大部分と古代イタリア題材の『ジュリアス・シーザー』をすでに書き終えていたシェイクスピアが、当時民間伝承として流布していた中世イタリアの悲恋物語に尋常でない関心を抱くことは実に自然の流れであった。
『ロミオとジュリエット』は悲劇と銘打たれてはいるが、それはあの『マクベス』の凄惨な夜の世界とはまったく異質である。人々は、観客も読者も、登場人物の若い息吹がかもし出すプリマヴェラに終始うっとりと浸っていればよい。特に月光の下で二人が永遠の愛を誓い合う有名なバルコニーの場のデュエットをはじめとして、美しい抒情の絶唱が全篇にちりばめられている。げにシェイクスピアこそ恐るべし。私たちはこの嬉しい春の暖気でひととき胸を和ませていればよい。

ミッシング・リンク――シェイクスピアの生涯の謎

ここで筆者は看過できない一つの「意外な話」を読者に披露しなければならない。福田恆存編の『シェイクスピア・ハンドブック』（三省堂、一九八七年）という第一級の資料で臼井善隆はこう述べている。「シェイクスピアという人間に就いて、我々が確実に知っている事は、彼がストラットフォード・オン・エイヴォンに生れ、そこで結婚し、子を儲けたという事。その後ロンドンに於て初めは役者として舞台に立ち、やがて芝居や詩を書いて名声を博した後、故郷に帰り、遺書を残して死んだという事。それだけである。」これは、十八世紀のシェイクスピア学者ジョージ・スティーヴンズの文章からの引用だが、臼井はこれに続けて「シェイクスピアの実生活に関して我々が確実に知っている事は、スティーヴンズの言葉の域を殆んど出ないと言ってよかろう」

と補足している。

　この文章ではウィリアム・シェイクスピアという男性の生涯の三つの断片が言及されている。ストラットフォードで生まれ子を儲けた若者Aと、ロンドンで名声を博した中年男Bと、ストラットフォードで死亡した—当時としては老境—の引退男Cである。若者Aの存在は、生地の教会の受洗記録や結婚許可の公文書で疑いようがない。中年男Bの存在も文学上の輝かしい業績で天下周知の事実。引退男Cの存在も訴訟事件に関連する公文書や遺書などでこれも疑うことはできない。では、問題ないではないか。しかし、問題はAとBとCが誰もが納得できる一つのシークエンスでつながらない点にある。引退男Cが若者Aの三十年ほど後の姿である可能性はかなり高い。しかし、その中間の大詩人・劇作家Bは、前後のAにもCにもつながりようがない。その確証がそっくり欠けている。ミッシング・リンクとは、人類学や考古学でいう「欠けている鎖の環」のこと。本来あるはずの連鎖のリンクが見つからない状態だが、これが欠けていれば連続はその状態では成立しないことになる。

　これを別の観点から考察してみたい。若者ウィリアムの父親ジョン・シェイクスピアは、小作農の倅だったが、十六世紀半ばにストラットフォードに出てきて丁稚奉公の末、皮のなめしと手袋製造の職人として独立する。才覚の利く人物だったらしく、商売は繁盛しやがて町政にも関与し、一五五二年にはシェイクスピア生誕の地で知られる家作を所有するまでになる。やがてジョンは結婚する。相手はロバート・アーデンの末娘メアリー。この嫁の実家はこの界隈ではかなり裕福な家柄だったらしい。子供が八人生れるが、このうち無事成人に達するのは五人。ウィリアムは男の長子だった。

当時、子供は六〜七歳に達すると建前としてグラマースクールに入る。文字通りには文法学校。中身はラテン語の文法を教える小学校である。わが国の明治以前の「寺子屋」が『論語』を必須科目として重要視したのと軌を一にする。この時代の英国で一人前の知識人男子として通用するにはラテン語の習得が必須要件とされていた。多分児童ウィリアムもこの学校で学んだのだろう。しかし、それから上の高等教育へ進んだ記録はいっさいない。『ソネット集』などから窺える詩人ウィリアムのラテン文学に対する造詣には驚くべきものがある。語学だけでなく人文全般におよぶ該博な知識と理解と咀嚼・表現力。それには、生来の際立つ才能に加え、最低で大学での数年間の真摯で集中的な勉学が必須と考えられる。当時ロンドンでは、ユニヴァーシティ・ウィッツ（大学卒の才人）という言葉がまかり通っていた。生計が立つかどうかは別として、文学を志す人間は大学出が当たり前。現に三十歳前に居酒屋での喧嘩沙汰で命を落とした同世代の気鋭の詩人クリストファー・マーローもケンブリッジ大出である。もっぱら暗記を中心とする少年時代の数年間の勉強であのレベルに達する。とても信じられない。

それに前述したように少年ウィリアムは長男だった。この時代、長男は家業を継いで当たり前だ。父親ジョンの働きで家運隆盛・商売繁盛であれば尚更である。二十歳前の若者ウィリアムの風聞はそれほど芳しいものではない。土地の有力者の鹿を盗んで発覚し町から逐電した話、巡回の芝居一座の手伝いで馬の首を劇場の外に突き出してふざけた話などだ。「鹿泥棒」の話は後の賢者シェイクスピアにはまったくそぐわない。「馬の首云々」には、この若者をとにかく演劇に結び付けたいとする後世の作為もちらほらする。その気になれば「衆にぬきんでて利発」などの風聞はいくらでも作り出せる。それさえ皆無。どうやら子供時代から若者にかけてのウィリアムは、いささか思慮に欠けた「兄ちゃんタイプ」だったと考えるほかない。AとBのあいだのリンクは情況的にも容易には接続しない。

　では、詩人Bと引退男Cの間の連鎖はどうか。詩人・劇作家ウィリアム・シェイクスピアは、従来の一般的理解では、後期の傑作『あらし』を書き終えた頃、故郷ストラットフォードへ裕福な中年紳士として引退したことになっている。時代が違うとはいえ、まだ四十台半ば。書き手としては油の乗った盛り。劇団の経営パートナーとしてロンドン演劇界の重鎮でもある。それにしてはずいぶんともったいない唐突な出処進退だ。健康上の問題があれば別だが、この後もまだ六年ほどの人生が残っている。それはさておき、問題はこの引退男Cの人柄と景色にある。この人物には文学や思弁の香気がまったく欠けている。残っている公的記録は、けちな訴訟事件に証人として出廷したこと。もう一つは遺言状をしたためたこと。それだけ。これがあの輝くばかりのソネットの数々を書いた男の、さらには『ハムレット』、『マクベス』、『ロミオとジュリエット』など人気芝居のシナリオライターとして一世を風靡した男の、「成れの果て」なのだろうか。その遺言状には、スプーン一本の受取人までこまごまと指定しておきながら、蔵書類の処分については片言隻語の言及もない。すなわち、引退男Cには一冊の蔵書もなかったと考えざるをえない。これには自分の著書も含まれる。『ソネット集』は一六〇九年の出版である。この時点で詩人Bはロンドンに住んでいる。現代とは違って当時著書が出版されることは大変な名誉だ。これを数冊でも故郷に持ち帰って保管し、地元のめぼしい知り合いにも配る。それが自然な人情というもの。それさえ皆無。現在『ソネット集』の初版本は超一級の稀覯本として十三部の所在が確認されているが、ストラットフォードで発見されたものは一冊もない。この人物をわれわれは大文豪の最晩年の姿と納得しなければならないのだろうか。

引退男Cが死亡してから七年後の一六二三年、シェイクスピアが座付き作者兼俳優兼経営パートナーとして所属していた「国王一座」の俳優二十六名が、シェイクスピアの偉大な劇作を永く後世に残すため、大型の二折本版の一冊本全戯曲集を編集出版した。世に名高いファースト・フォリオ（第一・二折本版）である。この人々こそシェイクスピアの長年の真の僚友だ。一六一〇年頃、シェイクスピアがストラットフォードへの引退を告げたとするなら、彼らのうちの幾人かは馬車のステーションで詩人との別れを惜しんだはずである。「ストラットフォードへ引退するシェイクスピア氏を某ステーションにて見送る。涙を禁じえず」とかなんとか文章を残しても不思議でない。それさえあれば第三者による第一級の証拠資料として万事解決するのだが……。しかし、そんなものはあるはずがない。なぜなら、詩人Bのシェイクスピアは一六二三年には多分まだ存命していた。だからこそ、僚友たちは汗と資金を出し合って懸命になった……。

一方、ストラットフォードで父親から皮手袋製造の職をついだもう一人の同姓同名のウィリアム・シェイクスピアは、後世自分が引退後の大文豪に擬せられることなど露知らず、一六一六年にあの遺書をしたためごく平凡に人生を終えた。当然のことながら、若者Aと引退男Cには人柄の面でも通い合うものが認められる。というわけで、詩人Bと引退男Cを同一人物と断定するのはいかにも無理が多すぎる。ただし、近い将来にでも問題のミッシング・リンクが出現し、若者Aと大文豪Bと引退男Cがストラットフォード・オン・エイヴォンで目出度く再会となったなら、筆者は喜んでこの意外説を撤回することだろう。

編者あとがき

さて、この本で読者の皆さんは肩入れしたい人物に一人でも出会ってくれただろうか。リチャード三世、マクベス、マクベス夫人、シーザー、ブルータス、アントニー、キャシアス、ハムレット、オフィーリア、クローディアス王、ロミオ、少女ジュリエット、作者のシェイクスピア本人……。誰でも知っているわが国の権力の歴史で言うなら、筆者の肩入れは、いささか面映いが、源義経、真田幸村、土方歳三の三人である。「なんだ、そのものずばりの判官びいきではないか」と言わば言え。この三人には共通項がある。時代の権力に刃向かい、単騎歯ぎしりしつつ戦場で自滅した。時代の流れ？　国家の大義？　正義？　善？　そんなことは後世のしたり顔のあげつらい。彼らはいずれも自ら信ずるところに殉じ、マイナーのまま野垂れ死にした。昭和一桁生れの筆者の年齢になると、そんな人々が限りなくいとおしい。本書の登場人物でこれに近いのはリチャード三世とマクベスとその後のアントニーだ。この人々を絶望と死に追い込み、結びの場面で「新秩序の到来」を宣言するのは、時代権力を代表する連中である。頼朝、家康、薩長と同様、この連中への加担は真っ平ごめんと願いたい。シェイクスピアの筆致にもこの「判官びいき」が行間から読み取れて、筆者は嬉しい。この嬉しさを誰彼となく分かち合いたい気分だが、好き嫌いは人さまざま。自分の好みを読者に押しつけるつもりは毛頭ない。

読者は誰でもシェイクスピアの全作品の中でかならず自分の分身に出会えるという。グロスター公で自分に出会った読者は、この男を鑑とすればいい。それが満ち足りた人生かどうかは疑問だが……。シェイクスピアは言葉の宝庫であると同時に、価値判断の基準を誰にでも存分に提供してくれる。シェイクスピアの不易の値打ちもそこにある。身元調べなどはもうどうでもいい。

詩の森文庫

P06

シェイクスピア名詩名句100選
永遠に生きることば

訳編者
関口 篤

発行者
小田久郎

発行所
株式会社 思潮社
162-0842 東京都新宿区市谷砂土原町 3-15
電話 03-3267-8153（営業）・8141（編集）
ファクス 03-3267-8142　振替 00180-4-8121

印刷所
モリモト印刷

製本所
川島製本

発行日
2006年6月30日

詩の森文庫

E01

自伝からはじまる70章
大切なことはすべて酒場から学んだ

田村隆一

亡くなる間際まで毎月一章ずつ連載された自伝風エッセイ。切り立つ詩を書きつづけてきた詩人の、軽妙洒脱な散文の奥にひそむ孤高な境涯がしのばれる遺稿集。解説＝田野倉康一

E02

名詩渉猟
わが名詩選

天沢退二郎 他

天沢退二郎、池内紀、岡井隆、塚本邦雄、立松和平、坪内稔典、四方田犬彦の七氏が古今東西の名詩からアンソロジーを編む。既成の名詩集や愛唱詩集では物足りない読者に捧ぐ。

E03

詩のすすめ
詩と言葉の通路

吉野弘

戦後屈指のライトヴァースの達人による、この「詩のすすめ」は詩の読み方だけが書かれているわけではない。ふだん見過ごしている弛緩した精神への警告が隠されているのだ。

E04

私の現代詩入門
むずかしくない詩の話

辻征夫

ユーモアとペーソスの抒情詩人辻征夫が、「詩をほとんど知らない人」のために、啄木、朔太郎、中也、道造らの詩を誰よりも親しみを込めて語る辻式現代詩入門。解説＝井川博年

E05

現代詩作マニュアル
詩の森に踏み込むために

野村喜和夫

現代詩の最前線を軽快なフットワークで縦横無尽に活躍する詩人が、「歴史」「原理」「キーワード」に「ブックガイド」を添え、詩の作り方、鑑賞方法を導く書き下ろし現代詩入門。

詩の森文庫

C01

際限のない詩魂
わが出会いの詩人たち

吉本隆明

近代から現代、戦後詩人たちをめぐる本書は、「著者の精神や考え方の原型」が端的に現れている「吉本隆明入門」だ。膨大に書かれた詩人論のエッセンスを抽出。解説＝城戸朱理

C02

汝、尾をふらざるか
詩人とは何か

谷川雁

詩を書くことで精神の奥底に火を点じて行動した詩人革命家が遺した数多い散文の中から、「原点が存在する」ほか主な詩論、詩人論を採録した初の詩論集成。「谷川雁語録」併録。

C03

幻視の詩学
わたしのなかの詩と詩人

埴谷雄高

高度に形而上学的な思想小説『死霊』の作者は詩と抽象と難解の宇宙を終生抱えこんだ詩人でもあった。埴谷詩学を形成する東西の詩人論から現代詩人の論考を収録。解説＝齋藤愼爾

C04

近代詩から現代詩へ
明治、大正、昭和の詩人

鮎川信夫

戦後詩の理論的主導者による、「近代詩から現代詩」を代表する49詩人と54の詩篇の鑑賞の書。「詩に何を求めるか」のまえに「詩とはどういうものだったか」を点検、実証してみせる。

C05

昭和詩史
運命共同体を読む

大岡信

一九三〇年代から敗戦直後までの昭和詩の展開と問題点をより詩史的に位置づけた画期的詩論集。通常の詩史の通念を超えて、より身近に現代詩を体感できる名著。解説＝近藤洋太

C06
詩とはなにか
世界を凍らせる言葉
吉本隆明

「全世界を凍らせる」かもしれないことを言葉にするのが詩の本質だと詩人は言う。詩の精神の原型、そして自らの「詩を書き続ける場所」を問う原理論8篇。解説＝添田馨

C07
詩を書く
なぜ私は詩をつくるか
谷川俊太郎

「何故詩を書くか」と問われて詩人は「世界と、すなわち言葉とたわむれたいから」と答える。「書くこと」をめぐる6篇、「ことば」をめぐる考察8篇他、具体的な書き方論。

E06
吉岡実散文抄
詩神が住まう場所
吉岡　実

散文を書くのを好まなかったが、詩人の文章は名品と評されている。出来事が現実を超え、超自然的な相貌を帯びてくる。自伝から西脇らの人物論までを収録。解説＝城戸朱理

E07
対談　現代詩入門
ことば・日本語・詩
大岡　信
谷川俊太郎

現代詩を代表する詩人二人の作品の鑑賞と詩の日本語の美しさをテーマに交された、対談による歴史的な現代詩入門。詩を取り巻く状況、読むべき詩に言及。解説＝渡辺武信

C08
詩的自叙伝
行為としての詩学
寺山修司

「俺は詩人くずれだ。詩人くずれは成功するんだ」と寺山修司は言った。なぜ詩人たらんとしたのか。著名な「荒地」の功罪」他、自伝的文章を含めた詩論10篇。解説＝高取英